Heike Karen Gürtler

MUT IST DER ANFANG VOM GLÜCK

THIENEMANN

1

Kleine Steinchen wirbelten hoch, als Lea mit ihrem Fahrrad neben mir bremste. Es war der erste Schultag nach den Ferien und sie holte mich wie üblich ab. Lea ließ ihr Rad zur Seite fallen und umarmte mich fröhlich.

»Hallo, Kim! Oh Mann, du bist ja braun geworden und deine Haare sind fast weiß!«

Wir radelten los, um zwei Straßenecken weiter auf die Dritte im Bunde zu warten.

»Wir hatten überhaupt kein gutes Wetter im Urlaub. Ständig hat es geregnet. Kleine Bäche liefen durch unser Zelt und mein Bruder hat die ganze Zeit geheult«, erzählte Lea. »Großes Kino, sage ich dir. Aber eines war wirklich cool. Auf dem Campingplatz gab es am Wochenende immer Disco und ein paar wirklich umwerfende Jungs!«

»Ich höre ›umwerfende Jungs‹? Was hast du uns zu berichten?«, ertönte eine Stimme hinter uns und wir drehten uns um. Da kam Sophie und wie immer, wenn ich sie länger nicht gesehen hatte, bewunderte ich still ihren Anblick. Sophie war eine echte Schönheit. Ihre langen blonden Haare glänzten in der Sonne wie flüssiger Honig, die schlanken Beine steckten in abgeschnittenen Jeans und dazu trug sie ein großes, weißes, über dem Bauch verknotetes Hemd, das sie vermutlich ihrem Vater aus dem Schrank geklaut hatte. Sie konnte anziehen, was sie wollte, es sah einfach immer gut und lässig an ihr aus. Sophie zog alle Blicke auf sich und genoss das auch. Ich beneidete sie um ihr Selbstbewusstsein.

Wir drei waren sehr verschieden. Vielleicht verstanden wir uns gerade deswegen so gut. Sophie, die selbst in einem Müllsack elegant aussehen würde, Lea, immer in Turnschuhen und furchtbar rastlos und ich, schüchtern, unsicher und am liebsten im Hintergrund.

Wir kannten uns seit dem Kindergarten, waren gemeinsam in der Grundschule gewesen und hatten miteinander gebangt, als es um den Übertritt aufs Gymnasium ging und Lea es fast nicht geschafft hätte. Mit Ach und Krach klappte es dann doch und nun waren wir schon in der elften Klasse.

Die beiden hatten auch andere Freundinnen, wobei das nie so eng war, wie zwischen uns dreien. Ich dagegen konnte mich schlecht an neue Menschen gewöhnen. Nur mit den beiden fühlte ich mich wirklich wohl. Früher war das besser, doch seit ich etwa zwölf oder dreizehn Jahre alt war, wurde ich immer unsicherer. Mir schien mein Körper plötzlich nicht mehr so richtig zu passen. Je cooler ich sein wollte, desto ungeschickter wurde ich. Es fühlte sich an, als hätte man mir plötzlich eine Art eckigen Gegenstand übergestülpt, der es mir schwer machte, mich unbefangen zu bewegen.

»Los, Leute, wir müssen uns beeilen, damit wir nicht schon am ersten Tag zu spät kommen«, rief Sophie und riss mich damit aus meinen Gedanken.

Eilig radelten wir zur Schule, sperrten unsere Fahrräder auf dem chaotischen Vorplatz ab, auf dem schon unzählige andere Räder in allen denkbaren Größen und Formen herumstanden, und liefen hinein. Der vertraute Geruch nach Käsefüßen, feuchten Wänden und Kakao empfing uns in der Eingangshalle – der Schulalltag hatte uns wieder.

Zum Glück machten uns die Lehrer den ersten Schultag nach den Ferien nicht besonders schwer und wir hatten auch früh Schluss. Natürlich verabredeten wir uns für später, um uns endlich in Ruhe über die Ferien austauschen zu können. Daheim erledigte ich eilig die mir auferlegten Hausarbeiten, dazu gehörten Spülmaschine ausräumen und Wäsche zusammenlegen.

»Kim, bitte sei vorsichtiger mit den Tellern!«, hörte ich meine Mutter rufen.

»Ja, ja«, erwiderte ich und versuchte, es weniger klirren zu lassen, während ich den Rest des Geschirrs aufeinanderstapelte.

Meine Mutter war Journalistin und arbeitete meist zu Hause. Leider. Ich liebte es, wenn ich das Haus für mich allein hatte. Dann streifte ich durch alle Zimmer und kam mir manchmal vor wie ein Eindringling. Es war nicht so, dass ich die Schränke meiner Eltern durchwühlte. Ich lief einfach von Raum zu Raum und sah mich um.

Meist konnte ich beispielsweise am Zustand des Schlafzimmers meiner Eltern genau erkennen, ob sie gerade eine gute oder nicht so gute Phase in ihrer Ehe hatten.

War es friedlich, dann herrschte in ihrem Zimmer ein ziemliches Durcheinander. Überall lagen Klamotten herum, benutzte Gläser standen auf den Nachttischchen und die Zeitschriften meiner Mutter stapelten sich in den Ecken. Hatten sie jedoch mal wieder Streit, was durchaus oft der Fall war, wenn auch nie für längere Zeit, dann sah das Zimmer aus, wie aus einem Möbelhauskatalog. Alles war an seinem Platz, kein T-Shirt lag herum und das Bett war ordentlich gemacht. Mit Überdecke. So, als würden sie mit einem aufgeräumten Zimmer das Chaos in ihrem Inneren übertünchen wollen.

»Und, was haben Lea und Sophie in den Ferien so erlebt?«, wollte meine Mutter beim Mittagessen wissen.

Ich erzählte ein bisschen und versuchte dabei, so schnell wie möglich aufzuessen, denn unweigerlich würde sie sonst gleich ihr Lieblingsthema anschneiden. Dummerweise gab es einen Nachtisch, dem ich nicht widerstehen konnte – Vanillepudding mit Himbeeren –, also blieb ich sitzen.

»An der Jungsfront irgendetwas Neues?«, fragte meine Mutter und strengte sich an, nicht allzu neugierig zu wirken.

»Nicht, dass ich wüsste«, antwortete ich und löffelte meinen Pudding weiter.

»Na, da muss aber doch bald mal was passieren!«

»Warum muss es das?«

»Ihr seid doch alle schon sechzehn!«

»Stimmt. Und in unserer Parallelklasse kam eine nicht wieder, weil sie schwanger ist.«

»Ach Kim, so meine ich das doch nicht.«

Irgendwie hatte meine Mutter offenbar Angst davor, dass wir alle drei als alte Jungfern enden würden, oder sie hatte Angst davor, dass mir ein Missgeschick passieren könnte, da war ich mir nicht so sicher. Dass bei Lea und Sophie schon so einiges mit Jungs los gewesen war, verschwieg ich, damit es nicht so seltsam wirkte, dass das bei mir ganz anders war.

Laut kratzte ich den letzten Rest Pudding aus meiner Schüssel.

»Ich bin mit den Mädels verabredet«, sagte ich dann und stand auf.

Lea, Sophie und ich trafen uns in unserem Lieblingscafé, bestellten drei riesige Eisbecher und setzten uns damit draußen an einen Tisch.

»So, Lea, jetzt schieß mal los, ich will alles über deine Erlebnisse hören«, sagte Sophie, schlug ihre langen Beine übereinander und lehnte sich nach hinten.

Lea zappelte auf ihrem Stuhl herum und kicherte. »Na ja, so aufregend war es jetzt auch nicht. Ich habe einen kennengelernt. Vlado, ziemlich niedlich. So der Typ Supersportler, braun gebrannt, muskulös und sein Lächeln war echt umwerfend. Dabei hat er immer einen Mundwinkel nach oben gezogen und den anderen ein bisschen weniger.«

Lea versuchte uns zu zeigen, was an seinem Lächeln so süß war, doch es sah eher aus, als würde sie einen Schlaganfallpatienten mimen.

»Hey, sein Lächeln interessiert uns jetzt nicht so!« Sophie zwinkerte mir zu.

»Schon klar«, sagte Lea und erzählte weiter. »Küssen konnte er echt gut. Aber schon am zweiten Abend ging es los, dass er mich, kaum hatten wir ein- oder zweimal getanzt, nach draußen ziehen wollte. Ich bekam aber immer Panik, dort auf meine Eltern zu treffen. Außerdem fand ich das Tanzen mit ihm so toll. Es wurden ständig irgendwelche langsamen Schnulzen gespielt und ich sage euch, dieser muskulöse Körper unter seinem dünnen T-Shirt hat sich ziemlich gut angefühlt.«

»Der muskulöse Körper hätte sich aber auch ohne T-Shirt bestimmt nett angefühlt«, warf Sophie ein.

»Mann, du kannst echt nur an eins denken«, schimpfte Lea und trommelte dabei mit den Fingern auf dem Tisch herum.

Sophie hatte schon zweimal einen festen Freund gehabt, was aber jeweils nur von kurzer Dauer gewesen war. Sie langweilte sich schnell mit den Jungs und entflammte immer rasch für den nächsten Kandidaten, der ihr über den Weg lief. Ganz besonders liebte Sophie es, sich umgarnen zu lassen. Sie konnte die Jungs wie Fische an der Angel zappeln lassen und wenn sie dann genug hatte, ließ sie sie fallen und ging einfach weiter. Bei uns in der Schule gab es eigentlich ständig mindestens einen Jungen, der mit hoffnungsvoll-leidendem Blick hinter ihr durch die Gänge schlich.

Auch Lea hatte schon einen Freund gehabt. Die beiden waren fast ein Jahr lang zusammen und hatten sich vor ein paar Wochen getrennt. Sie hatte uns nie so ganz genau erzählt, warum es auseinandergegangen war, aber es hatte wohl mit ihrer unglaublichen Sportlichkeit zu tun. Bisher war sie noch auf keinen Jungen getroffen, der mit ihr mithalten konnte und den das nicht gestört hatte.

Ich stocherte in meinem Eisbecher herum und überlegte fieberhaft, ob ich einfach schwindeln und eine Geschichte erfinden sollte. Doch schon wandte Sophie sich an mich.

»Na, Kim, und bei dir? Gibt's was Neues an der Front?«, wollte sie wissen.

»Äh, nein«, stotterte ich und wurde zu meinem Ärger rot. »Ohne euch macht mir das Weggehen einfach keinen Spaß«, setzte ich noch nach.

»Ach Süße, irgendwann muss doch mal einer dabei sein,

der dir gefällt«, meinte Sophie. »Du bist einfach zu anspruchsvoll. Aber in unserem Alter kommt es doch nicht darauf an, den perfekten Kerl zu finden. Wir müssen erst einmal üben und Spaß haben, bevor die Sache irgendwann wirklich ernst wird. Oder hast du heimlich etwas am Laufen, von dem du uns nichts erzählst?«

Ich stopfte mir einen Löffel Eis in den Mund und schüttelte empört verneinend den Kopf. Dann täuschte ich einen Hustenanfall vor, der mein erneut knallrotes Gesicht erklären sollte.

Zu meiner großen Erleichterung kamen in dem Moment ein paar Jungs aus unserer Parallelklasse vorbeigeschlendert und luden uns zu einer Party am kommenden Wochenende ein. So war das Gespräch über Jungs fürs Erste beendet und ich versuchte, mich wieder zu beruhigen und meine Gesichtsfarbe zu normalisieren. Sophie war die Einzige von uns, die mit nichts in ihrem Leben Probleme zu haben schien. Sie erzählte immer freimütig von ihren Erlebnissen und hatte keinerlei Hemmungen oder Bedenken dabei. Lea wich bei manchen Themen gerne aus, wenn es zum Beispiel um ihre Noten ging, die oftmals ganz schöne Täler durchschritten. Sie wollte sich partout nicht von uns helfen lassen. Da sie so schlecht still sitzen konnte, war das Lernen für sie schon immer eine Qual gewesen. Auch die Beziehung zu ihrem Ex-Freund war ein Tabu-Thema. Sophie und ich hatten die Vermutung, dass da etwas vorgefallen war, das sie bis heute nicht ganz verdaut hatte. Aber keine von uns schaffte es, mit ihr darüber zu sprechen. Sophie meinte, es hätte irgendetwas mit Sex zu tun. Das war gut möglich, aber es konnte auch etwas völlig anderes sein.

»Gehen wir zu der Party?«, fragte Sophie.

»Klar«, erwiderte ich.

Lea nickte ebenfalls zustimmend.

»Super«, rief Sophie. »Ich freue mich, dass wir endlich wieder zusammen sind!«

Lea kippelte mit ihrem Stuhl und ich musste lachen. »Ich glaube, wir sollten gehen, bevor die Zappeltante noch vom Stuhl fällt!«

Wir zahlten und machten uns auf den Heimweg. Lea fuhr wie immer in einem Affentempo vor uns her. Sie konnte sich einfach nicht langsam bewegen.

»Alles okay mit dir?«, fragte Sophie mich, als wir hinter Lea herradelten.

»Ja, klar. Warum?«

»Keine Ahnung. Du bist irgendwie so still.«

Lea drehte um und kam uns entgegen. Sie blieb mit quietschenden Reifen stehen, um sich von Sophie zu verabschieden. Sophie wohnte ein paar Straßen von mir entfernt, während Lea zwei Häuser weiter zu Hause war.

Auch ich umarmte Sophie zum Abschied. »Bis morgen!«

Den Rest des Weges bemühte ich mich, mit Leas Tempo mitzuhalten, bis meine Oberschenkel brannten.

Zu Hause war gerade die Abendessensvorbereitung in vollem Gange. Das hieß, dass mein Vater mit einem Glas Wein in der Küche saß und meiner Mutter beim Kochen zusah.

Ich sagte ihnen kurz Hallo und ging dann in mein Zimmer. Nachdem die Tür hinter mir zugefallen war, ließ ich mich aufs Bett fallen. Ich legte mich so hin, dass ich mein Gesicht in dem Spiegel an der Tür sehen konnte. Es war eigentlich ganz hübsch, mit einer schmalen, kleinen Nase, mittelblauen Augen, hohen Wangenknochen und dem Grübchen am Kinn. Als ich klein war, hatte mein Vater behauptet, dass ich als Baby auf einer Erbse geschlafen hätte und deswegen dort diese kleine Grube entstanden war. Irgendwie hatte mir dieser Gedanke immer sehr gefallen.

Ich drehte mich auf den Rücken, blickte zur Decke hoch und dachte: Was wird in diesem Schuljahr wohl alles passieren? Irgendwie wünschte ich mir, dass es ein aufregendes Jahr werden würde, und auf der anderen Seite, dass einfach alles so bleiben könnte, wie es immer war, weil Veränderungen mir Angst machten.

2

Schon in der ersten Schulwoche wurden wir mit ordentlich vielen Hausaufgaben zugeschüttet und ich war froh, als endlich Wochenende war.

Den Samstagvormittag verbrachte ich damit, vor dem Spiegel zu stehen und zu überlegen, was ich zu der Party am Abend anziehen sollte. Nichts gefiel mir so richtig, wobei das weniger an meinen Klamotten, als an mir selbst lag. Wie es sich wohl anfühlte, wenn man wie Sophie in allem einfach umwerfend aussah und absolut selbstsicher durchs Leben ging? Wenn man wirklich sein konnte, wer man war und zeigen durfte, was man fühlte. Sophie war voll und ganz Sophie und damit glücklich, das sah man ihr deutlich an.

Ich betrachtete mich im Spiegel. Meine sonnengebleichten Haare hingen in sanften Wellen bis knapp über die Schultern, ich war braun gebrannt, schlank und mit Kurven an den richtigen Stellen. Rein äußerlich sah das alles ganz normal aus, doch es fühlte sich an, als würde mein Körper mir einfach nicht so richtig passen. Oft wunderte ich mich auch, wenn ich mich selbst im Spiegel sah, denn ich hatte ein ganz anderes Bild von mir.

Ich fand einfach nichts, was ich später anziehen konnte,

also rief ich Sophie an und bat sie um Hilfe. Kurze Zeit später saß sie auf meinem Bett und ließ mich eine Stunde lang meine Sachen in tausend verschiedenen Kombinationen anziehen, bis wir schließlich eine Entscheidung trafen.

Meine Mutter rief mich zum Mittagessen und Sophie düste davon, um sich selbst fertig zu machen.

»Wo genau findet die Party heute Abend eigentlich statt?«, wollte meine Mutter wissen.

»Bei Gregor.«

»Geht das etwas genauer?«

»Ich weiß die Adresse nicht. Irgendwo hinter der Bücherei, glaube ich.«

»Kim, du weißt, dass ich das wissen möchte.«

»Ja, warte kurz.«

Ich ging in den Flur und schnappte mir das Telefon. Sophie kicherte, als ich sie nach Gregors Adresse fragte. »Erzähl ihnen doch einfach irgendetwas, sie werden ja wohl kaum nachsehen kommen«, meinte sie.

»Du kennst meine Eltern. Der Kontrollzwang lässt grüßen. Und wenn sie rauskriegen, dass ich ganz woanders war, ist hier die Hölle los.«

Sophie wusste die Adresse. Ich marschierte in die Küche zurück und gab sie weiter.

»Herzlichen Dank, mein Kind«, sagte meine Mutter und verwuschelte mir die Haare.

Eigentlich konnte ich mich, was das Weggehen anging, nicht über meine Eltern beklagen. Ich durfte immer ausgehen, solange ich pünktlich nach Hause kam und sie wussten, wo ich war. Doch manchmal nervte es einfach, immer noch wie ein kleines Kind behandelt zu werden. Einerseits erzählten sie mir, wie alt ich schon war und welche Verantwortung ich übernehmen sollte, und auf der anderen Seite wollten sie über jeden Schritt, den ich machte, Bescheid wissen.

Manchmal hätte ich gerne mit ihnen gesprochen, so wie sie miteinander sprachen. So, als wären wir alle gleichberechtigt. Vielleicht würde ein Erwachsener verstehen können, was in mir vorging. Aber in allen Gesprächen, die wir führten, fühlte ich mich nie richtig ernst genommen. Einfach nicht ebenbürtig. Immer wieder gab es Situationen, in denen die beiden verstummten, wenn ich den Raum betrat. Irgendwie stellte ich mir vor, dass es gerade dann um wichtige Dinge ging, in die sie mich nicht einbeziehen wollten. Warum wollten Eltern immer alles von ihren Kindern wissen, hatten aber selbst so viele Geheimnisse?

»Woran denkst du?«, fragte meine Mutter plötzlich.

»Ach, nichts.«

»Das glaube ich dir nicht.«

»Wirklich nichts. Ich gehe ein bisschen raus.«

Ich ging in den Garten und legte mich auf die sonnenwarme Wiese. Es duftete nach Grashalmen, unser Nachbar mähte gerade seinen Rasen. Der Himmel über mir war strahlend blau und leuchtete so hell, dass es mich blendete. Ich schloss die Augen und dachte an später. Partys liefen meist nach demselben Schema ab. Zuerst standen alle etwas verlegen herum und redeten nur mit den Leuten, die sie sowieso schon kannten. Dann wurde irgendwann die Musik lauter und die Ersten begannen zu tanzen. Dazu gehörte immer Sophie. Lea, die sonst nie stillstehen konnte, tanzte nicht so gerne, weil das tatsächlich eine Bewegung war, die sie irgendwie nicht besonders gut hinbekam. Sie sah dann eher so aus, als würde sie mit sich selbst einen Wettkampf bestreiten.

Ich wartete meist, bis irgendjemand mich aufforderte. Manchmal tanzte ich einfach mit Lea, denn mit mir zusammen war es ihr wenigstens nicht peinlich.

Zu späterer Stunde knutschte Sophie mit dem attraktivsten Jungen des Abends, Lea zappelte irgendwo herum und wollte dann nach Hause, um am nächsten Tag für ihren Sport nicht allzu müde zu sein. Und ich stand mit irgendetwas in der Hand herum und versuchte dabei, möglichst cool auszusehen.

Ich war wohl eingeschlafen, denn plötzlich schrak ich hoch, als ein Käfer versuchte, mir ins Ohr zu krabbeln. Angeekelt schleuderte ich ihn mit einer Hand weg und setzte mich auf. Mein Kopf war ganz heiß von der Sonne, also verkrümelte ich mich in mein Zimmer und kuschelte mich noch für eine Stunde in meine Kissensammlung, um auf dem Bett zu lesen.

»Möchtest du etwas essen, bevor du gehst?«, fragte meine Mutter durch die geschlossene Zimmertür.

»Nein, danke.«

»Sicher?«

»Ja, ganz sicher. Da gibt es bestimmt etwas«, erwiderte ich. Sie wollte mich unbedingt davor bewahren, mit leerem Magen Alkohol zu trinken, dabei trank ich sowieso kaum etwas. Es schmeckte mir einfach nicht und irgendwie gefiel mir auch nicht, was mit denen passierte, die zu viel tranken.

Ich hörte, wie ihre Schritte sich von meinem Zimmer entfernten. Nach ein paar weiteren Seiten legte ich das Buch weg und ging ins Badezimmer. Mein Gesicht war immer noch ein wenig rot von der Sonne. Aber gut, dann fiel es wenigstens nicht so auf, wenn es heute Abend einen Grund geben sollte, der mich erröten ließ.

Wie sehr ich das hasste. Ich spürte es kommen und war völlig machtlos dagegen. Erst wurde der obere Teil vom Hals heiß, dann die Ohren und dann das ganze Gesicht. Mit minimaler Zeitverzögerung schoss die Röte ein, was ich daran merkte, dass meine Haut begann, ganz leicht zu pulsieren. Es war schrecklich. Da war man sowieso schon in einer unangenehmen Situation und zog mit dem chilifarben leuchtenden Kopf noch mehr Aufmerksamkeit auf sich.

Nach dem Duschen föhnte ich mir rasch die Haare, wickelte mich in ein großes Badetuch und ging in mein Zimmer. Inzwischen zweifelte ich schon wieder an der Klamottenwahl von vorhin, doch ich hatte auch keine Lust, mir etwas anderes zu überlegen. Also stand ich kurze Zeit später in abgeschnittenen Jeans und einer leicht durchsichtigen, weißen Bluse im Flur und ließ mich von meinem Vater begutachten.

»Hübsche Bluse. Bisschen durchsichtig.«

»Ist ja was drunter.«

»Nicht viel.«

»Soll ich noch einen Müllsack darüberziehen?«

»Wäre mir lieber«, antwortete mein Vater grinsend und gab mir einen Klaps auf den Hintern.

»Viel Spaß«, sagte er noch und zwinkerte mir zu.

»Danke.«

Lea wartete schon auf mich und wir radelten gemeinsam zu Sophie. Ich ging zwar immer mit gemischten Gefühlen auf eine Party, aber ich freute mich sehr, nach den langen Ferien wieder etwas mit den beiden zu unternehmen.

Wir waren unter den Ersten, die auf der Party ankamen. Der Gastgeber, Gregor, drückte jedem von uns einen Becher mit Bier in die Hand, den Lea und ich gleich wieder auf einem Tisch abstellten. In einer Ecke stand ein kleiner Kühlschrank mit Cola und wir bedienten uns daran.

»Ach, Mädels, ihr seid schlimmer als unsere Eltern«, klagte Sophie und nippte an ihrem Bier.

»Sind wir nicht«, erwiderte ich und zwickte sie in den Arm. »Sonst würde ich dich jetzt fragen, ob du vorher auch ordentlich gegessen hast.«

Grinsend prostete sie mir zu und sah sich um. Sophie war wie ein Radargerät, sie fand zielsicher immer, wonach ihr an dem Abend gerade war.

Langsam füllte sich der Raum, der normalerweise eine Werkstatt war. An den Wänden hingen verschiedene Sägen und sonstige Werkzeuge. In einer Ecke war ein großer Haufen Holz gestapelt. Ich mochte den Geruch, den es verströmte. Irgendwie erdig und frisch. Doch als immer mehr Leute kamen, übernahmen deren Düfte bald die Herrschaft. Die Mädchen rochen blumig, während die Jungs in den Rasierwassern ihrer Väter gebadet hatten.

Ein sehr hübscher Kerl, der vermutlich ein paar Jahre älter war als wir, kam auf uns zu und taxierte Sophie mit seinen Augen. Sie grinste ihn an und hatte dabei den Blick einer Wölfin.

»Jetzt ist sie für den Rest das Abends weg«, stellte Lea fest, als Sophie sich von dem Hübschen zum Tanzen führen ließ.

»Ja, er dürfte ganz ihrem Geschmack entsprechen«, bestätigte ich.

Wir nippten an unserer Cola und beobachteten die beiden. Langsam wurde es richtig voll. Immer mehr Pärchen fanden sich zusammen und die Musik war noch lauter geworden. Lea machte sich auf die Suche nach der Toilette und kaum war ich alleine, kam Marek aus unserer Parallelklasse auf mich zu. Ich hoffte, er würde vielleicht nur quatschen wollen.

»Hi, Kim. Lust zu tanzen?«

»Ähm, eigentlich nicht so.«

Aber dann dachte ich mir, was soll's? Jetzt bin ich hier, also spiele ich auch mit.

»War nur ein Witz, klar doch«, sagte ich und meinte das Gegenteil.

Er nahm meine Hand und zog mich mit. In dem Moment lief irgendein Hip-Hop-Song, sodass jeder für sich tanzte. Doch schon das nächste Lied war ein langsames und Marek zog mich an sich. Ich konnte durch meine Bluse hindurch spüren, dass er ganz schwitzige Hände hatte, und ekelte mich davor. Meine Arme mussten irgendwohin, also legte ich sie um seinen Hals und versuchte trotzdem, so viel Abstand wie möglich zwischen unseren Körpern zu halten. Da er mich aber gleichzeitig an sich zog, gelang es mir nicht wirklich.

So nahe, wir wir uns jetzt waren, konnte ich riechen, dass er eine ziemliche Alkoholfahne hatte. Ich kannte ihn nicht besonders gut, aber er war eigentlich ein eher schüchterner und ruhiger Kerl. Seine Hände fuhren auf meinem Rücken auf und ab und ich musste mich beherrschen, ihn nicht von mir wegzustoßen.

Ich hoffte, dass das nächste Lied wieder etwas flotter sein würde, doch da die Gruppe der Knutscher und Engtänzer immer größer geworden war, blieb es bei der langsamen Musik. Marek versuchte, mich noch näher an sich zu ziehen und ich spürte seinen Körper nun so intensiv, dass es für mich war, als würde er gewaltsam in mein Innerstes eindringen. Als würde er versuchen, etwas in mir mit seiner Anwesenheit auszufüllen. Mir war bewusst, dass er nur das tat, was nun fast alle um uns herum taten. Doch wie hätte ich ihm erklären sollen, was ich dabei empfand?

Verzweifelt suchte ich einen Ausweg, ohne ihn allzu sehr vor den Kopf zu stoßen. Doch als er auch noch versuchte, mich zu küssen, hielt ich es nicht mehr aus. Mit beiden Händen schubste ich Marek so heftig von mir weg, dass er gegen die hinter ihm Tanzenden prallte.

Zuerst wollte ich mich noch entschuldigen, doch als ich sah, wie mich alle anstarrten, drehte ich mich einfach um und rannte weg. Ich hörte Lea nach mir rufen, aber ich blieb nicht stehen. Ihre Schritte hallten hinter mir auf dem Asphalt. In meiner Verzweiflung mobilisierte ich enorme Kräfte und Lea schaffte es nicht, mich einzuholen. Ich rannte einfach immer weiter und weiter, bis mir irgendwann die Lunge so brannte, dass ich nicht mehr konnte. Ich war am Rand des kleinen Parks gelandet, der in der Nähe unserer Schule war. Normalerweise hätte ich mich dort im Dunkeln zu Tode gefürchtet, doch in dem Moment war mir alles egal.

Ich ließ mich einfach fallen und hatte das Gefühl, dass ich nie wieder normal atmen konnte. Wenn ich an die peinliche Situation zurückdachte, über die spätestens am Montag die halbe Schule Bescheid wissen würde, wäre es mir in dem Moment auch egal gewesen, wenn ich einfach tot umgefallen wäre. Was hatte ich getan?

Schwer atmend und völlig verschwitzt lag ich in der feuchten Wiese und starrte in den Himmel. Tausende Sterne funkelten über mir und schienen mich zu verhöhnen. Wenn mich jemand gefragt hätte, was ich in dem Moment empfand, ich hätte es gar nicht in Worte fassen können. Es war ein Gefühl, für das es keinen Namen gab. Eine Mischung aus Wut, Furcht, Scham, Traurigkeit, Einsamkeit, Ekel und Hass auf mich selbst. Namenloses Grauen.

Ich lag sehr lange dort, bis mein Atem sich endlich beruhigte. Mir war kalt, doch ich konnte mich einfach nicht überwinden, nach Hause zu gehen. Meine Eltern würden sicher noch auf sein und mich über die Party ausfragen. Traurig starrte ich in den Nachthimmel und wünschte mir, dass er mich doch einfach verschlucken würde. Der Wind sollte mich auflösen, in viele kleine Teile zerschneiden und mitnehmen in diese samtene Schwärze über mir. Dorthin, wo es keinen Anfang und kein Ende gab.

Irgendwann erhob ich mich dann doch und machte mich auf den Heimweg. Ich wollte nicht zu spät kommen und dadurch die Aufmerksamkeit meiner Eltern auf mich ziehen.

Meine Bluse und meine Hose waren hinten ganz durchnässt. Erst als ich aufstand und losging, merkte ich, dass mir entsetzlich kalt war. Eilig marschierte ich die dunklen Straßen entlang, immer auf der Hut, ob Sophie oder Lea nicht irgendwo standen. Ich machte einen Umweg und schlüpfte hinter unserem Haus durch den Zaun, bevor ich nach vorne zur Tür ging. So leise wie möglich sperrte ich auf, doch ich war noch keine drei Schritte weit gekommen, als mein Vater schon nach mir rief.

»Hey, du bist ja schon da! War es nicht gut auf der Party?«, wollte er wissen.

Ich murmelte etwas davon, dass ich dringend mal aufs

Klo müsste, und stürmte die Treppe hoch, damit sie nicht sahen, wie nass und vermutlich auch schmutzig meine Klamotten waren.

Im Badezimmer schloss ich mich ein, riss mir die Sachen vom Leib und stopfte sie in den Wäschekorb.

»Kim, alles okay?«, wollte meine Mutter wissen und klopfte leise an die Tür.

»Ja, ja. Alls okay. Ich musste nur ganz dringend aufs Klo.«

»Sicher?«

»Sicher.«

»Kommst du gleich noch mal runter?«

»Nein, ich gehe schlafen. Ich bin todmüde.«

Kurze Zeit war es still und ich dachte schon, sie wäre gegangen. »Wie war es denn?«, ertönte dann aber erneut ihre Stimme.

»Ganz okay, bisschen langweilig«, antwortete ich und versuchte, meine Stimme völlig neutral klingen zu lassen.

Ich stellte die elektrische Zahnbürste an und hoffte, dass das Geräusch deutlich machte, dass ich nun keine Lust mehr zum Reden hatte. Nach ein paar Minuten spähte ich vorsichtig hinaus. Die Luft war rein. Schnell ging ich in mein Zimmer, zog meinen Lieblingsschlafanzug an und kuschelte mich unter die Decke. Mir war immer noch furchtbar kalt und ich zitterte am ganzen Körper. Immer wieder sah ich vor mir, wie alle mich angestarrt hatten, bevor ich weggelaufen war. Einfach unglaublich peinlich! Was war nur los mit mir?

Ich wühlte zwischen meinen Kissen herum, bis ich mein Lieblingsstofftier fand, ein orangefarbener kleiner Schimpanse, der zwar furchtbar hässlich und verschlissen war, mich aber heute noch genauso tröstete wie damals als kleines Kind.

Ich drückte ihn an mich und in dem Moment kamen mir die Tränen. Unaufhaltsam stürzten sie in solchen Mengen aus meinen Augen, dass mein Kissen und der kleine Affe im Nu durchnässt waren. Ganz fest verschloss ich meinen Mund mit einer Hand, um das laute Schluchzen in mir einzusperren, denn ich hörte, dass meine Eltern sich gerade auf den Weg ins Bett machten.

Als ihre Schlafzimmertür ins Schloss fiel, war ich sehr erleichtert, dass sie nicht noch einmal zu mir hereingekommen waren. Zugleich fühlte ich mich auch todtraurig, weil ich mich so sehr danach sehnte, dass mich jemand in den Arm nahm und mir sagte, dass alles gut werden würde.

Vorsichtig löste ich die Hand von meinem Mund. Die Schluchzlaute verschwanden, doch ich konnte einfach nicht aufhören zu weinen.

Morgen früh würden Lea und Sophie anrufen und bis dahin musste ich mich wieder unter Kontrolle haben. Erst in dem Moment fiel mir ein, dass sie mir sicherlich schon einige Nachrichten auf meinem Handy hinterlassen hatten, und ich stand noch einmal auf, um es aus meiner Tasche zu holen.

Ich hatte zehn Anrufe und einen Haufen Nachrichten von den beiden. Doch ich las sie nicht.

Ich stellte das Handy lautlos, zog mir die Decke über den Kopf und wartete darauf, dass der Schlaf mich endlich von diesem Tag erlösen würde.

Ich hatte ein schlechtes Gewissen, denn mir war klar, dass meine Freundinnen sich schreckliche Sorgen um mich machten. Als ich eine Stunde später immer noch wach lag, nahm ich mein Handy doch wieder in die Hand und schrieb beiden eine kurze Nachricht.

Macht euch keine Sorgen, liege im Bett. Bin wohl vorhin ein bisschen ausgetickt. Morgen mehr. xxx

3

Als ich am nächsten Morgen erwachte, war ich krank. Schüttelfrost, Fieber, Halsschmerzen, sogar die Ohren taten mir weh. Meine Augen waren total verquollen und brannten wie verrückt. Das kam vermutlich mehr vom Weinen. Ich lag im Bett und hoffte, dass der vorherige Abend einfach nur ein blöder Fiebertraum gewesen war, doch als ich einen vorsichtigen Blick auf mein Handy warf, wurde mir sofort klar, dass dem nicht so war.

Inzwischen waren weitere Nachrichten von Lea und Sophie eingegangen. Als ich mich überwinden wollte, sie zu lesen, klopfte meine Mutter an die Tür.

»Kim, Frühstück?«

»Nein, danke«, krächzte ich.

»Alles klar bei dir?«

»Ich glaube, ich bin krank.«

Sie kam herein, setzte sich auf die Bettkante und befühlte meine Stirn.

»Oje, ich hole mal das Thermometer. Du fühlst dich ziemlich warm an. Wo tut dir was weh?«

Ich zählte alles auf und als ich fertig war, zog meine Mutter die Decke ordentlich über mich, schlug sie unten fest um die Füße und rief meinen Vater. Nachdem er ein paar Anweisungen erhalten hatte, Tee kochen, Suppengemüse vorbereiten, verschiedene Medizin zusammensuchen, wandte sie sich wieder mir zu.

»Ist gestern irgendetwas vorgefallen?«, fragte meine Mutter mit einem Blick, der mich sofort wünschen ließ, ich wäre wieder drei Jahre alt und hätte das Gefühl, ihr alles sagen zu können.

Die meisten in meinem Alter konnten es kaum erwarten, erwachsen zu werden und ihr eigenes Leben zu leben. Ich hingegen sehnte mich oft nach der unbeschwerten Zeit zurück, als ich mir über nichts länger als eine Minute Gedanken machen musste und einfach für den Moment lebte. Veränderungen machten mir mittlerweile Angst. Ich hatte das Gefühl, nicht schnell genug hinterherzukommen und dem folgen zu können, was in mir vorging. Es war, als würde alles an und in mir umgeschrieben werden, doch niemand zeigte mir den Bauplan für die Kim, die aus mir werden sollte.

»Kim?«

»Nein, nichts Besonders.«

»Sicher?«

Ich schaute leidend, aber das beeindruckte meine Mutter nicht allzu sehr.

»Heute früh haben nämlich schon Lea und Sophie angerufen und wollten dich sprechen. Irgendwie klangen sie beide etwas aufgeregt.«

Ich zuckte mit den Schultern und schloss meine schmerzenden Augen. Meine Mutter wartete noch einen Moment, stand dann aber auf und ging ins Badezimmer. Kurz darauf kam sie mit dem Fieberthermometer wieder und steckte es mir in den Mund.

»39,3. Ich mache dir gleich Wadenwickel.«

Ich nickte erleichtert. Hauptsache, sie fragte nicht weiter.

Kurz darauf hatte ich kalte Wickel um meine Waden, ein heißes Tuch um den Hals und Medizin im Bauch. Ich fühlte mich, als würde in mir alles mit Watte ausgefüllt werden, und sank in einen dämmrigen Halbschlaf. Träume fluteten meinen Kopf und ich konnte bald nicht mehr unterscheiden, ob ich wach war und nachdachte, oder ob ich schlief.

Das war eigentlich ein ganz angenehmer Zustand. Die Tabletten hatten meine Schmerzen verschwinden lassen und ich lag einfach im Bett und musste mich um nichts kümmern.

Es war schon dunkel, als ich endlich wieder richtig wach wurde und dringend aufs Klo musste. Ich setzte mich auf und mir wurde so schwindlig, dass ich mich gleich wieder hinlegte. Mir blieb nichts anderes übrig, als nach meiner Mutter zu rufen.

Sie kam und half mir ins Badezimmer. Als sie mir aber die Schlafanzughose herunterziehen wollte, schickte ich sie weg. Das ging ja gar nicht!

»Ich warte vor der Tür. Spiel nicht die Heldin, ich schau dir schon nichts weg.«

In meiner Familie war Nacktsein nicht gerade alltäglich. Ich glaube, ich hatte meine Eltern überhaupt nie nackter als in Badebekleidung gesehen. Früher hatte ich mir darüber keine Gedanken gemacht, aber seit ein paar Jahren waren mir auch in der Schule diese grauenhaften Gemeinschaftsduschen total unangenehm. Ich hatte gleichzeitig das Bedürfnis, die anderen anzustarren, ihre Körper genau zu betrachten und mich selbst zu verstecken, weil ich wiederum nicht angesehen werden wollte. Mir war bewusst, dass sich rein äußerlich an mir nichts von den anderen Mädchen unterschied, aber in mir war irgendetwas komisch, als wäre dort ein Wirbelsturm, der permanent wütete und alles durcheinanderbrachte. Und manchmal fühlte ich mich, als würde mein Innerstes versuchen, sich nach außen zu stülpen und dann könnte jeder sehen, wie verwirrt ich in Wirklichkeit war.

Ich zog die Hose wieder hoch, spülte und warf einen Blick in den Spiegel. Ich sah ganz schön beschissen aus. Und schwindlig war mir auch schon wieder.

Meine Mutter kam ungefragt herein, packte mich am Arm und führte mich zurück ins Bett.

Danach schlief ich endlich tief und absolut traumlos bis zum nächsten Vormittag. Es ging mir zwar noch nicht sehr viel besser, aber mein Kopf war wieder klarer. Als meine Mutter mich versorgt und allein gelassen hatte, nahm ich endlich mein Handy und stellte mich den Nachrichten, die da auf mich warteten.

Lea und Sophie schienen wirklich sehr besorgt zu sein und ich bekam ein schlechtes Gewissen, weil ich mich einen ganzen Tag lang nicht gemeldet hatte.

An den Nachrichten der beiden konnte ich deutlich sehen, wie verschieden sie waren. Lea schrieb:

Hey, Schnecke, jetzt meld dich doch endlich. Wir machen uns langsam echt Sorgen!!! Bist du zu krank zum Schreiben???

Während es bei Sophie ganz anders klang:

Beweg deinen kleinen Arsch ans Telefon und ruf mich an! Du kannst doch nicht auf einer Party so eine Show hinlegen und danach in der Versenkung verschwinden!!!

Dahinter kamen noch haufenweise Emojis mit bösen, drohenden Gesichtern.

Ich starrte auf mein Handy, las nach und nach alle

Nachrichten, die sie mir geschrieben hatten. Meine Mutter kam herein, verpasste mir ein paar Medikamente und steckte mir wieder das Fieberthermometer in den Mund.

»Na also, es geht langsam herunter. Wie fühlst du dich denn?«, wollte sie wissen.

»Es geht so.«

Sie strich mir über den Kopf. »Morgen ist es sicher schon wieder viel besser!«

Ich nickte nur.

»Schätzchen, ist es tatsächlich noch so schlimm? Oder ist irgendetwas anderes?«

In meinem Hals bildete sich ein dicker Kloß, der so schmerzte, dass mir davon die Tränen in die Augen schossen. Mein Kopf lief über von den vielen Worten, die meine diffusen Ängste und Sehnsüchte ausdrücken wollten und ich hatte den Eindruck, das ganze Zimmer wäre bis unter die Decke damit gefüllt.

Ich schüttelte den Kopf und schloss die Augen in der Hoffnung, sie würde gehen und mich allein lassen. Aber sie blieb noch eine Weile sitzen und streichelte mein Gesicht.

Endlich stand meine Mutter auf und ging hinaus.

Ich nahm mein Handy in die Hand, als wäre es eine Granate und sah nach, ob weitere Nachrichten gekommen waren.

Lea und Sophie hatten mich beide weiterhin mit Nachrichten bombardiert und da war auch eine Nachricht von einer unbekannten Nummer. Ich öffnete sie neugierig.

Hey, Kim, tut mir echt leid, wenn ich was falsch gemacht habe. Ich hatte wohl ein bisschen zu viel getrunken. Hoffe, du bist nicht deswegen krank geworden!!! ;-) Also sorry, wirklich. Marek.

Ich überlegte einen Moment, ob ich ihm überhaupt antworten sollte. Aber schließlich war er nicht schuld an meinen Problemen und ich fand es eigentlich cool, dass er mir eine Nachricht geschrieben hatte.

Hey, Marek, nein Quatsch. Ich war einfach total schlecht drauf an dem Abend. Danke für deine Nachricht. Kim

Bevor ich mich endlich bei Lea und Sophie zurückmeldete, musste ich dringend aufs Klo. Ganz langsam stand ich auf und hielt mich am Bettrahmen fest. Es ging halbwegs. Ich machte kein Licht im Bad, ich konnte mir auch so gut vorstellen, wie ich wohl aussah und den Anblick ersparte ich mir lieber. Zurück in meinem Zimmer machte ich das große Licht aus und den Globus an, der mir als Nachttischlampe diente. Mein Vater hatte ihn mir vor vielen Jahren geschenkt und ich liebte es, im Bett zu liegen und mir die leuchtende Welt anzusehen. Doch nun hatte ich wirklich keine Zeit mehr, mich in Träumereien zu verlieren. Ich musste endlich die Beantwortung der Nachrichten hinter mich bringen.

Immer und immer wieder löschte ich sie und fing von vorne an, bis ich mich endlich dazu durchringen konnte, sie loszuschicken.

Hallo, Lea, sorry, dass ich mich so lange nicht gemeldet habe. Ich liege total flach mit einer mega Grippe und kann mich kaum rühren. Tausend Dank für die vielen Nachrichten! xxx

Hi, Sophie, mein kleiner Arsch ist schon fast wund gelegen, bin völlig fertig und echt krank. Tausend Küsse und danke für deine immer freundlichen Nachrichten! ;-) xxx

Es dauerte keine drei Minuten, bis ich von beiden fast gleichzeitig mehrere Antworten bekam. Natürlich wollten sie über die Party reden und wissen, was passiert war. Ich entschuldigte mich noch mal damit, dass ich schlafen müsste und sie morgen mehr von mir hören würden.

Erschöpft legte ich das Handy weg und zog mir die Decke bis unters Kinn. Ich fühlte mich immer mehr wie ein Fass, in das, obwohl es schon voll war, permanent eine zähe Flüssigkeit hineinlief. Jedoch gab es nichts, wohin der Inhalt abfließen konnte.

Wenn ich doch nur wüsste, was da so in mir brodelte und mir das Gefühl gab, dass irgendetwas auf mich zurollte, dem ich nicht ausweichen konnte. Gehörte das dazu, zum Erwachsenwerden? Und wenn ja, was erwartete mich dann wohl noch alles?

4

»Kim, bist du wach?«, fragte meine Mutter am nächsten Nachmittag. »Sophie ist am Telefon.«

Ich rührte mich nicht und versuchte, so tief und langsam wie möglich zu atmen. Sie zog die Tür wieder zu und ich hörte sie draußen weitersprechen.

Den halben Vormittag hatte ich damit verbracht, Lea und Sophie Nachrichten zu schreiben, die ich dann wieder nicht abschickte, weil sie in meinen Augen alle Mist waren. Irgendwann warf ich das Handy an die Wand. Es dauerte zwei Stunden, bis ich es wieder in Gang bekam. Nun ging quer über das ganze Display ein ordentlicher Riss, aber man konnte noch alles lesen.

Was war denn nur los mit mir? Warum traf ich nie auf einen Jungen, den ich irgendwie anziehend fand? Warum grauste es mir richtig davor, wenn einer versuchte, mich zu küssen? Was stimmte denn bloß nicht mit mir?

Verzweifelt betrachtete ich mein Spiegelbild, doch es gab mir leider auch keine Antwort.

Also versuchte ich, mich zusammenzureißen, setzte mich aufs Bett und schrieb die längst überfälligen Nachrichten.

Hey, Lea, langsam fühle ich mich wieder so, als hätte ich eine Überlebenschance. ;-) Ich habe echt nur geschlafen und war total hinüber. Wegen der Party, das war gar nichts Besonderes. Marek ist einfach plötzlich so aufdringlich geworden und hatte eine furchtbare Fahne. Das war total ätzend und ich habe mich wohl ein bisschen zu heftig gewehrt. Das war mir so peinlich. Alle haben geglotzt. Da bin ich einfach weg. War irgendwie nicht so mein Tag. Bei dir alles okay? Dicken Schmatzer und bald habt ihr mich wieder, juhu!!!

Weder freute ich mich auf meine Rückkehr in die Schule, noch stimmte der Rest, bis auf die Tatsache, dass mir die Situation wirklich unglaublich peinlich war.

Mein Handy piepte, Lea.

Da bin ich aber froh, dass es dir besser geht!!! Ich hatte Marek deine Nummer gegeben, hoffe, das war okay. War ihm echt peinlich die Sache. Nüchtern ist er ziemlich nett. ;-) Soll ich vorbeikommen und dich ein bisschen ablenken?

Einen Moment lang dachte ich darüber nach, aber ich wollte doch lieber alleine sein.

Ja, er hat mir auch schon geschrieben, das passt. Nee, bleib mal lieber weg, sonst steckst du dich noch an. Vielleicht am Wochenende?

Ich beschloss, erst zu duschen, bevor ich Sophie schrieb. Bei ihr würde ich nicht so leicht davon kommen. Mit frischen Sachen unter dem Arm ging ich ins Badezimmer und gönnte mir eine lange, heiße Dusche. Das tat so gut, nach drei Tagen im Bett! Danach cremte ich mich von oben bis unten ein, föhnte meine Haare und zog mich an.

»Kim, wie geht es dir?«, rief meine Mutter von unten.

»Besser.«

»Schön. Möchtest du etwas essen?«

»Ja!«

»Was?«

»Weiß nicht.«

»Nudeln?«

»Eher nicht.«

»Suppe?«

»Nö.«

»Kim!«

»Pizza?«

»Klar, das ist genau das, was man braucht, wenn man krank ist.«

»Du hast doch gefragt!«

»Beschwer dich nachher nicht, wenn dir schlecht ist.«

»Okay.«

Meine Mutter verschwand wieder und ich musste grinsen. Wieso konnte ich außerhalb dieser vier Wände nicht auch so schlagfertig sein? Als würde ich diese Eigenschaft wie einen Hut an den Haken hängen, wenn ich das Haus verließ.

Ich kuschelte mich wieder ins Bett und nahm das Handy. Nun war Sophie dran.

Hey, Sophie, da bin ich endlich wieder. Hatte grad Stress mit Muttern, weil ich eine Pizza will. Ich hab so Kohldampf, keine Ahnung, wann ich zuletzt etwas gegessen habe, das man kauen musste!!! Wegen der Party, war nix Aufregendes. Ich hatte einfach keine Lust, mich von Marek antatschen zu lassen. Er war betrunken und es war eklig. Dann haben mich alle so angeglotzt und ich bin einfach losgerannt. Ich konnte gar nicht mehr aufhören zu rennen, als wäre ich Lea. :-) Können wir das einfach vergessen? Hoffe, dieses Wochenende passiert irgendwas, worüber dann ab Montag in der Schule gequatscht wird … xxx

Es dauerte keine fünf Sekunden, bis Sophie antwortete.

Nur weil er ein bisschen betrunken war, flippst du so aus, dass er durch den ganzen Keller fliegt??? Du bist echt krass.

Aber ich hatte ja schon die ganze Zeit das Gefühl, dass du irgendwas hast. Was ist denn los mit dir? Gibt's da wirklich kein Geheimnis???

Natürlich hab ich kein Geheimnis, wie kommst du denn darauf?, schrieb ich zurück.

Du bist anders. Irgendwas ist anders. Aber ich komm schon noch dahinter, verlass dich drauf! Ich muss jetzt los, ein hübscher Kerl wartet in der Einfahrt schon lange genug auf mich. Werd gesund und denk dran: Deine Sophie will immer ALLES wissen! xxx

Ja, irgendwas war anders an mir, damit hatte Sophie recht, wenn ich doch bloß wüsste was.

Die Tür ging auf und meine Mutter kam herein, in ihrer Hand hielt sie einen Teller mit einer dampfenden Salamipizza.

»Ab morgen kommst du wieder runter zum Essen. Aber ich glaube, es ist am besten, wenn du erst nächste Woche wieder in die Schule gehst. Mit einer solch starken Grippe ist nicht zu spaßen«, sagte sie, als sie mir den Teller reichte.

»Ja gut«, erwiderte ich.

Ich stellte den Fernseher an und genoss mein Essen. Salamipizza gehörte zu den Dingen, von denen ich nie genug bekommen konnte.

Ich beschloss, jetzt einfach die Zeit bis Montag zu genießen, zu faulenzen und an nichts zu denken, bis der Alltag mich erneut mit seinen scharfen Zähnen packen würde. Denn ich fürchtete mich ziemlich davor, wieder in die Schule gehen und all denen begegnen zu müssen, die auch auf der Party gewesen waren. Gibt es etwas Peinlicheres, als sich vor unzähligen Mitschülern so blamiert zu haben?

5

Der Montag kam viel schneller, als mir lieb war. Den ganzen Sonntag lang hatte ich gehofft, noch einen Rückfall zu bekommen. Aber ich war wieder gesund. Beim Frühstück bekam ich kaum mit, was meine Eltern redeten, und als ich rausging, warteten Lea und Sophie an ihre Fahrräder gelehnt in der Einfahrt auf mich. Das war ungewöhnlich, denn Sophie kam sonst immer auf den allerletzten Drücker.

»Guten Morgen!«, begrüßten mich die beiden und wir umarmten uns. Natürlich fiel mir der misstrauische Blick auf, den Sophie mir zuwarf, aber ich ignorierte ihn.

»Oje, deine ganze Urlaubsbräune ist weg«, stellt Lea fest.

»Ja, ich weiß«, antwortete ich. »Ich sehe aus wie eine Schüssel Milchreis.«

»Stimmt«, bestätigte Sophie kichernd.

Ich schlug sie auf den Arm und sie ergriff die Flucht. Lea und ich radelten hinterher.

»Geht's dir denn wieder gut?«, wollte sie wissen.

»Ja. Bisschen wacklig fühle ich mich noch. Ich habe ja die ganze Woche nur gelegen, aber hatte zum Schluss wirklich schon einen Lagerkoller.«

Viel zu schnell hatten wir die Schule erreicht und schlossen unsere Fahrräder ab. Ich hätte mir am liebsten eine

Mütze über den Kopf gezogen oder eine Plastiktüte. Hauptsache, mich sah niemand, der auch auf der Party gewesen war.

Aber kaum hatten wir die Schule betreten, lief ich Marek direkt in die Arme. Verlegen sahen wir uns an und man hätte gar nicht sagen können, wer von uns röter anlief. Da ich von meiner Erkrankung so blass war, gewann ich dieses Duell vermutlich mühelos. Ich spürte, wie die verhasste Röte mich übermannte, als würde jemand einen Eimer Tomatensaft über mir ausleeren.

»Äh, hi, Kim«, sagte Marek endlich und versuchte, den peinlichen Moment irgendwie zu entschärfen.

»Hi«, erwiderte ich. Mehr fiel mir nicht ein.

Sophie packte Lea am Arm und zog sie mit sich. »Komm, wir lassen die beiden allein.«

Ich wäre ihnen am liebsten nachgelaufen, doch ich wollte Marek nicht einfach so stehen lassen.

»Bist du wieder gesund?«, fragte er.

»Ja, geht schon.«

»Super.«

»Du, ich muss los, es klingelt gleich«, sagte ich und wollte mich auf den Weg machen.

»Kim, warte.«

Unwillig blieb ich stehen.

»Es tut mir echt leid, was da passiert ist.«

»Mir auch.«

Wir sahen uns an und mussten plötzlich beide grinsen.

»Okay, bis später mal«, sagte ich noch und hastete zu unserem Klassenzimmer.

Ich schaffte es gerade pünktlich zum Klingeln, mich auf meinen Platz fallen zu lassen. Herr Hauser, unser

Klassenlehrer, kam bereits eine Minute später, bevor Sophie mich ausquetschen konnte, was ich mit Marek geredet hätte.

Hinter Herrn Hauser betrat ein Mädchen den Raum und in der Klasse entstand eine neugierige Stille.

»Das ist Ella«, erklärte er. »Sie wird ab heute bei euch in der Klasse sein und ist erst vor ein paar Tagen hierher gezogen. Also, seid nett zu ihr und zeigt euch ausnahmsweise von eurer besten Seite!«

Herr Hauser war als Lehrer absolut in Ordnung, nur seine permanenten Versuche, jugendlich witzig zu sein, gingen in der Regel ziemlich in die Hose.

Ich saß mit Sophie zusammen in einer Bank in der vorletzten Reihe. Lea rechts von uns, an der Wand auf einem einzelnen Sitzplatz. In der Bank auf meiner linken Seite war der einzig freie Platz. Auf diesen ließ Ella sich fallen.

Verstohlen betrachtete ich sie. Ella strahlte etwas aus, das ich in dem Moment gar nicht benennen konnte. Eine ganz besondere Art von Ruhe. Ich wäre in so einer Situation, wenn ich neu in eine Klasse käme, in der ich niemanden kannte, sicher furchtbar nervös gewesen. Ella jedoch wirkte völlig entspannt. Sie setzte sich, packte einen Schreibblock aus und sah sich um.

Sie hatte kurze dunkle Locken, die sich wild um ihren Kopf kräuselten. Ihre Klamotten waren ungewöhnlich und nicht gerade das, was momentan modern war. Sie trug eine hellblaue Schlaghose, darüber eine geblümte Bluse, die man auch als Hawaii-Hemd bezeichnen konnte, und an den Füßen eine Art Flip-Flops, die mit unzähligen Perlen verziert waren und wirkten, als hätte sie sie gerade erst heute Morgen zusammengebastelt.

Als ich mich vom Anblick ihrer Schuhe löste, trafen sich unsere Blicke. Ellas Augen waren grün. Leuchtend grün. Meeresgrün. Das Grün eines Sommerbaumblattes, wenn man in der warmen Wiese darunter liegt und von oben die Sonne daraufstrahlt.

Sie sah mich ruhig an und in dem Moment bewegte sich etwas in meinem Inneren. Als hätte ihr Blick eine Stelle in mir berührt, die sich nun wohlig rekelte. Erschrocken drehte ich den Kopf weg.

Der Unterricht begann und der Rest des Tages verlief wie immer. Ich hätte mich gern mit Ella unterhalten, doch sie wurde den ganzen Schultag lang von ihrer Sitznachbarin in Beschlag genommen.

In der großen Pause saß ich mit Lea und Sophie auf einer Bank im Hof, als Marek schon wieder wie zufällig vorbeigeschlendert kam. Sophie rief ihn zu uns und ich trat ihr auf den Fuß.

»Was soll das denn?«, zischte ich ihr zu.

»Ach, komm schon, Kim. Er steht total auf dich. Und ich finde ihn gar nicht so schlecht. Gib ihm doch eine Chance!«

Ich wollte etwas erwidern, aber Marek stand schon vor uns.

»Hi, Marek«, flötete Sophie. »Alles klar?«

»Äh, klar. Alles okay.«

Er war verlegen und tat mir fast ein bisschen leid. Lea entspannte die Situation, indem sie ihn in ein Gespräch über das Leichtathletikteam der Schule verwickelte, in dem sie beide Mitglieder waren.

Während sie redeten, suchte ich den Hof nach Ella ab, konnte sie jedoch nirgendwo entdecken. Ich dachte an das

Gefühl zurück, als sie mich vorhin angesehen hatte und das ich so gar nicht einordnen konnte.

Endlich ertönte der Gong und wir standen auf.

»Also, bis dann«, sagte Marek und verschwand eilig.

»Mensch, Lea, musstest du mit ihm unbedingt über Sport quatschen?«, fragte Sophie vorwurfsvoll.

»Warum denn nicht?«, erwiderte sie. »Kim will doch eh nichts von ihm und so war es wenigstens nicht total peinlich.«

Sophie schnaufte und schüttelte den Kopf, als hätte sie mit uns beiden zwei hoffnungslose Fälle zu betreuen.

Ich entdeckte Ella vor uns im Gang und betrachtete sie aus der Entfernung. Ihr Locken wippten bei jedem Schritt fröhlich auf und ab. Ich musste lächeln. Das sah schön aus.

In den folgenden Tagen nahm ich mir jeden Morgen vor, endlich irgendwie mit Ella ins Gespräch zu kommen. Sie war so anders und ich war neugierig, wollte sie gerne näher kennenlernen. Doch meine fürchterliche Schüchternheit stand mir dabei im Weg. Da wir in der Klasse fast nebeneinander saßen, kam es zumindest ab und an vor, dass wir uns zufällig ansahen und jedes Mal aufs Neue spürte ich dabei die kleine Stelle in meiner Körpermitte.

Ein paar Tage später standen wir in der Pause in einer kleinen Gruppe im Hof und Sophie gab eine Geschichte zum Besten, wie sie es mal wieder geschafft hatte, einen Jungen aus einer höheren Klasse mit offenem Mund im Flur stehen zu lassen. Sophie konnte super erzählen und bald hatten wir alle Tränen vor Lachen in den Augen.

Jenny, das Mädchen, das neben Ella saß, fragte diese zwischendurch, ob sie denn einen Freund gehabt hätte in ihrem alten Zuhause.

»Nein, habe ich nicht. Ich stehe nicht auf Jungs«, war Ellas Antwort.

Alle verstummten plötzlich und sahen sie an. Selbst Sophie verschlug es die Sprache.

Ella stand ganz entspannt da und blickte in die Runde, als hätte sie eben nur gesagt, dass Pizza ihr Lieblingsessen wäre.

Ich war total baff, weniger wegen dem, was sie gesagt hatte, sondern wie mutig sie war!

Sophie fing sich als Erste wieder und plapperte irgendetwas, doch ich konnte mich nicht darauf konzentrieren, da ich damit beschäftigt war, Ella nicht weiterhin bewundernd anzustarren. Woher nahm sie nur eine solche riesige Portion Mut? Ich traute mich manchmal schon nicht, zuzugeben, wenn es mir nicht gut ging, weil ich meine Tage hatte, das fand ich schrecklich peinlich. Und Ella stellte sich einfach hin und sagte so etwas. Wow!

Später am Nachmittag, als Lea, Sophie und ich durch die Stadt schlenderten, sprachen wir natürlich darüber.

»Das war ganz schön cool von Ella heute«, meinte Lea.

»Allerdings«, stimmte Sophie ihr zu. »Wobei ich nicht weiß, ob ich das gemacht hätte.«

»Warum nicht?«, wollte ich wissen.

»Na, was denkst du, wie jetzt die ganze Schule ständig hinter ihrem Rücken tuscheln wird. In der Umkleide und beim Duschen wird es blöde Kommentare geben und irgendwie ist das ja auch schräg.«

»Wie meinst du das?«, fragte ich erneut nach.

»Na ja, wenn man das jetzt von ihr weiß, dann ist es ja auch irgendwie so, als wäre plötzlich ein Kerl mit in der Umkleide.«

»Ach, Quatsch«, sagte Lea. »Nur weil sie auf Mädchen steht, wird sie sicher nicht hinter jedem Rockzipfel her sein. Aber das mit dem Tuscheln stimmt schon.«

Nachdenklich liefen wir durch die Straßen und beachteten entgegen unseren Gewohnheiten die Schaufensterauslagen so gut wie gar nicht.

»Warum ist es wohl so eine große Sache, wenn jemand irgendwie anders ist?«, überlegte Lea.

Doch keine von uns wusste eine Antwort darauf. Auch für mich war jeglicher Gedanke daran, irgendwie aus dem Rahmen zu fallen, ganz schrecklich. Aber ich hatte auch überhaupt kein Selbstbewusstsein, an dem ich mich hätte festhalten können.

Nachdem Ella mehr als zwei Wochen bei uns war, wurde im Kunstunterricht ausgelost, wer mit wem zusammen ein Projekt bearbeiten sollte. Ich konnte mein Glück kaum fassen, als Ella und ich zusammengewürfelt wurden! Seit ihrer Eröffnung im Pausenhof hatten wir kaum ein Wort miteinander gewechselt. Erstaunlicherweise war das von uns vermutete Getuschel über Ella bis dahin fast ganz ausgeblieben. Vielleicht lag es daran, dass sie eine so besondere Ausstrahlung hatte, denn niemand traute sich, hinter ihrem Rücken blöde Sprüche zu machen und so war daraus überhaupt kein großes Thema geworden.

Wir setzten uns an einen Tisch und bekamen unser Blatt mit der Aufgabe. Doch ich war plötzlich so fürchterlich aufgeregt, dass ich überhaupt nicht denken, lesen, oder etwas sagen konnte.

»Menschen und Wasser, schönes Thema. Hast du schon eine Idee, was wir machen könnten?«, fragte Ella mich.

Ich blickte sie an, sah wie ihre Lippen sich bewegten und hörte ihre tiefe Stimme, die etwas angenehm Raues hatte.

»Kim, alles klar?«, fragte sie.

Mir wurde bewusst, dass ich sie anstarrte und natürlich schoss mir die Röte mit einer Geschwindigkeit ins Gesicht, die mir keinerlei Zeit ließ, mich irgendwie zu verstecken.

Still sah sie mir in die Augen. Es konnte ihr unmöglich entgangen sein, dass ich feuerrot geworden war. Doch sie ließ sich nichts anmerken.

»Deine Augenfarbe erinnert mich an das Meer«, sagte Ella und falls das überhaupt möglich war, wurde ich noch röter. Mein Gesicht brannte so heiß, dass es schon anfing zu pulsieren, wie eine verletzte Körperstelle.

»Mich deine auch.«

Oh nein, wie dämlich! Hatte ich das jetzt wirklich gesagt? Wieso fielen mir in wichtigen Momenten, denn nie die richtigen Worte ein?

Ella lachte und dabei bildeten sich in ihren Wangen zwei kleine Grübchen. »Na, dann denken wir vielleicht gerade an zwei verschiedene Meere! Aber das passt doch, wir haben ja sowieso das Thema Wasser.«

Ihr Lachen schwebte einen Moment in der Luft und legte sich dann wie eine warme Decke auf meine Schultern.

Unsere Kunstlehrerin erlöste mich aus der peinlichen Situation und erörterte uns genauer, was wir zu tun hätten. Das Projekt würde eine ganze Weile dauern. Ich freute mich sehr darüber!

»Wollen wir uns am Nachmittag treffen und besprechen, wie wir das machen?«, fragte Ella mich.

»Ja, gerne.«

»Magst du zu mir kommen?«

»Ja, gerne.«

Ich kam mir so blöd vor, weil mir nichts Besseres über die Lippen kommen wollte. Ella musste mich ja für vollkommen bescheuert halten.

Sie schrieb mir ihre Adresse und Telefonnummer auf und wir verabredeten uns am gleichen Tag für vier Uhr. Auf dem Heimweg bekam ich von dem, was Lea und Sophie redeten, kaum etwas mit. In Gedanken war ich schon ein paar Stunden weiter. Wie sah wohl ihr Zimmer aus? Würde ich ihre Eltern kennenlernen? Was sollte ich anziehen? Und wäre es gut, wenn ich irgendetwas mitbrächte? Mein Kopf lief über vor lauter Fragen.

Zu Hause angekommen, verschwand ich sofort in mein Zimmer und öffnete die Tür des Kleiderschranks. Ich setzte mich auf mein Bett und betrachtete, was da so alles lag und hing. Ella sah immer so lässig aus. Sie kombinierte Farben, die man normalerweise unmöglich zusammen tragen konnte, wie Pink und Orange. Sie hatte Hosen, Röcke und Kleider, die ich noch in keinem Geschäft gesehen hatte, und sie musste eine unglaubliche Menge an Sandalen und Flip-Flops besitzen. Oder sie ständig neu verzieren.

Plötzlich stand meine Mutter in der Tür.

»Kim, ich habe dich schon dreimal zum Essen gerufen.«

Ich stand auf und ging zum Mittagessen hinunter.

»Ich bin nachher noch bei Ella. Wir machen zusammen ein Kunstprojekt«, teilte ich meiner Mutter mir. Ich mochte es, ihren Namen zu sagen. Ella.

»Wer ist denn Ella? Den Namen hast du noch nie erwähnt.«

»Sie ist neu in unsere Klasse gekommen.«

Eilig beendete ich das Essen und flüchtete in mein Zimmer. Nachdem ich fünfmal die Klamotten gewechselt hatte, zog ich wieder genau das an, was ich in der Schule getragen hatte. Ich wollte nicht, dass Ella dachte, ich würde mich für sie umziehen. Dann überlegte ich, ob sie selbst wohl in der Zwischenzeit etwas anderes angezogen hatte? Zum Schluss zeigte ich mir im Spiegel den Vogel. Was war denn nur los mit mir? Seit wann war es denn eine große Aufregung, wenn ich zu einer Mitschülerin nach Hause ging? Im Moment kam ich mir wirklich total gestört vor.

Ich tupfte mir ein bisschen von dem Parfum, das mein Vater mir zum Geburtstag geschenkt hatte, hinter die Ohren und machte mich auf den Weg. Unterwegs kam mir irgendwie alle bunter vor als sonst. Die grünen Bäume leuchteten besonders grün, der blaue Himmel wirkte wie eine frisch bemalte Leinwand und die Blumen in den Vorgärten blinzelten mir in allen Farben zu. Aufgeregt hüpfte mein Herz einen Meter vor mir her.

Das Haus, in dem Ella wohnte, war ziemlich ungewöhnlich. Auf der Vorderseite sah das Dach irgendwie eingedellt aus, als hätte sich ein Riese dort für eine kurze Pause hingesetzt. Es war in Fliederfarben gestrichen, mit weißen Fensterläden und einer braunen Holztür. Im Erdgeschoss waren die Fenster rechteckig, im Obergeschoss rund. Der Garten sah recht verwildert aus, doch gleichzeitig hatte ich den Eindruck, dass überall bestimmte Pflanzen in einer Gruppe zusammengehörten. Es wirkte harmonisch und gleichzeitig durcheinander, wie auch immer das möglich war.

An mehreren Stellen im Garten befanden sich kleine Steinhaufen, Muscheln, richtig hässliche Gartenzwerge und in einer Ecke schaukelte zwischen zwei Bäumen eine riesige Hängematte im sanften Wind. Es war ein Garten, in dem man sich sofort wohlfühlte.

Auf der linken Seite des Hauses stand eine große Holzbank und darauf saß eine getigerte Katze, die mich misstrauisch beäugte. Ich hatte mir immer eine Katze, oder wenigstens irgendein anderes Haustier gewünscht. Aber meine Eltern hatten es nicht erlaubt. In all den vielen Stunden, in denen ich einsam und traurig war, hätte ich zu gerne ein Lebewesen an meiner Seite gehabt, um ihm alles zu erzählen und mit ihm zu schmusen.

Ich ging die letzten Schritte auf die Holztür zu und wollte klingeln. In dem Moment sprang die Katze auf und stellte sich direkt vor mich. Sie hatte mystisch wirkende, gelbe Augen und Ohren, die viel zu groß für ihren schmalen Kopf waren und mich an die einer Fledermaus erinnerten. Sie war auf eine ungewöhnliche Art schön, besonders ihr Fell, das im Sonnenlicht samtig schimmerte. Irgendwie hatte ich ein bisschen Angst vor ihr. Unschlüssig stand ich herum, denn um zu klingeln, hätte ich über die Katze steigen müssen. Als ich mir gerade ein Herz gefasst und mich umständlich über sie gebeugt hatte, öffnete sich die Tür.

»Oh, hallo! Du musst Kim sein«, sagte eine Frau, die nur Ellas Mutter sein konnte. Die beiden sahen sich so ähnlich, als hätte jemand eine Kopie gemacht. Dieselben Haare, dieselbe Frisur, dieselben wunderschönen grünen Augen und dieselben ungewöhnlichen Klamotten. Ellas Mutter hatte ein paar Falten im Gesicht, die aber alle so aussahen, als wären sie ausschließlich dadurch entstanden, dass sie schrecklich gerne lachte.

»Hallo, ja, ich bin Kim.«

»Freut mich, dich kennenzulernen, Kim. Ich bin Juli, also eigentlich Juliane, aber so nennt mich niemand. Komm doch herein.«

Unsicher blickte ich zu der Katze herunter, die immer noch wie ein Wächter in der Tür stand.

Ellas Mutter packte sie unter dem Bauch und hob sie hoch. Sofort schmiegte das Tier sich an ihren Hals und ein lautes Schnurren ertönte. Ich musste lachen, es klang wie ein alter Traktor.

»Das ist Morticia. Sie versucht immer so zu wirken, als wäre sie fürchterlich gefährlich, aber sie kann keiner Fliege etwas zu Leide tun.«

Ich betrat das Haus und schnupperte, es roch nach einer Mischung aus Rosenblüten und Schokoladenkuchen.

Ellas Mutter hielt mir die Katze entgegen. »Hier, wollt ihr beiden euch schon einmal anfreunden? Benimm dich, Morticia, ich muss nach dem Kuchen sehen!«

Sie drückte mir die Katze in die Arme und ich nahm sie vorsichtig entgegen. Sie legte sich ganz entspannt über meine Schulter und ich kraulte ihren Kopf. Ich spürte die feinen Knubbel ihrer Wirbelsäule unter meinen Fingern und fuhr sie neugierig nach.

»Sie liebt es, wenn man ihre Ohren massiert«, ertönte plötzlich eine Stimme hinter mir. Schlagartig wurde ich wieder knallrot, weil ich mich so sehr freute, ihre Stimme zu hören. Ella.

Sie kam zu mir, packte ein Ohr der Katze und massierte es fest. Das Schnurren wurde noch lauter.

»Das ist ja unglaublich, welche Geräusche aus einer so dünnen Katze kommen können«, stellte ich erstaunt fest.

»Ja, sie ist ein eigenartiges Vieh.«

»Warum ist sie so dünn?«, wollte ich wissen.

»Ach, sie hat schon immer ein bisschen Probleme mit ihrer Verdauung gehabt. Es vergeht kaum ein Tag, an dem sie keinen Durchfall hat, oder ihr Futter wieder auskotzt. Kein Tierarzt ist bisher darauf gekommen, was ihr eigentlich fehlt. Aber es scheint ihr nicht wirklich etwas auszumachen. Sie ist immer gut drauf, frech und munter.«

»Wie alt ist sie?«

»Vierzehn.«

»Ist das alt für eine Katze?«

»Ja, das ist schon ganz ordentlich, aber sie können auch zwanzig, oder noch älter werden, wenn man Glück hat. Mal sehen, wie lange wir das Monster noch haben.« Ella sah die Katze so liebevoll an, dass mir ganz warm im Bauch wurde.

»Hier, fühl mal, wie ihr Ohr jetzt glüht«, forderte sie mich auf.

»Möchtet ihr einen lauwarmen Schokokuchen?«, rief Ellas Mutter aus dem Hintergrund.

»Glaubst du, es gibt jemanden, der auf diese Frage mit Nein antworten würde?«, rief Ella zurück. »Komm, wir holen uns Kuchen und dann machen wir uns an die Arbeit.«

Ich ging, immer noch mit der Katze auf dem Arm, hinter Ella in die Küche. Dort herrschte das reinste Chaos. Auf einem riesigen Holztisch, der die Mitte des Raumes beherrschte, stand allerlei Geschirr. Überall lagen Zeitschriften und Bücher herum und an mehreren Stellen hingen Töpfe mit Kräutern von der Decke.

»Was möchtest du trinken?«, wollte Ella wissen.

»Äh, ich weiß nicht.«

»Also, wir haben Milch, Kirschsaft, Wasser, Tee und Kaffee.«

»Was trinkst du?«, fragte ich und kam mir gleich wieder so blöd vor. Als könnte ich nicht allein entscheiden, worauf ich Durst hatte.

»Ich liebe Milch zu Schokokuchen.«

»Klingt gut, das nehme ich auch.«

Ellas Mutter richtete uns ein Tablett mit zwei Gläsern Milch und zwei riesigen Stücken Kuchen her und dann gingen wir nach oben in Ellas Zimmer. Ich hatte immer noch die Katze auf dem Arm. Jedes Mal, wenn ich versuchte, sie herunterzuheben, krallte sie sich in meine Bluse.

»Sie mag dich«, stellte Ella fest. Das freute mich so sehr, als hätte sie mir ein großes Kompliment gemacht.

Ellas Zimmer war, im Gegensatz zum Rest des Hauses, ziemlich ordentlich. Alle Möbel waren weiß und bildeten einen starken Kontrast zu dem dunklen Holzboden. Vor den beiden großen, runden Fenstern hingen bunte Vorhänge und auf dem Bett lag eine geblümte Tagesdecke.

Ella wühlte in ihrem Rucksack, bis sie den Zettel mit unserer Aufgabe fand.

»Komm, wir setzen uns an den Tisch.« Mein Arm war schon ganz steif und ich war erleichtert, als sich die Katze, sobald ich saß, auf meinen Schoß legte.

»Na, da hast du aber schnell eine neue Freundin gefunden«, stellte Ella fest. Sie trank einen großen Schluck Milch und biss in den Kuchen. »Oh wie köstlich!«

Ich probierte auch ein Stück. Er schmeckte wirklich himmlisch.

»Also, dann lass uns mal überlegen, wie wir das hier angehen«, sagte Ella, nach einem weiteren großen Bissen. »Menschen und Wasser, hm …«

Nachdenklich blickte Ella aus dem Fenster und ich betrachtete sie dabei verstohlen. Die Sonne schien in einem breiten Strahl herein und ließ kleine Staubpartikel in der Luft vor ihrem Gesicht tanzen. Ganz deutlich konnte ich die Stelle erkennen, an der sich die Grübchen bildeten, wenn sie lachte, obwohl sie jetzt nicht eindeutig zu sehen waren. Ein unsichtbarer Abdruck.

»Was denkst du?«, fragte Ella plötzlich und riss mich aus meinen Gedanken.

»Ich freue mich, dass ich hier bin«, sagte ich und erschrak vor mir selbst. Wieso hatte ich das denn gesagt?

Ella blickte mir in die Augen. Etwas flutete meinen Körper, doch ich hatte keine Zeit zu erforschen, was es war.

»Kannst du gut zeichnen?«, fragte Ella.

»Überhaupt nicht!«

Sie lachte. »Ich auch nicht. Das können wir also gleich abhaken. Nur eine Collage basteln finde ich irgendwie doof, aber was hältst du vom Fotografieren?«

»Oh ja, das ist eine gute Idee«, sagte ich.

»Kennst du ein paar Plätze am Wasser in der Nähe, die sich eignen würden?«

Es gab zwei Orte, zu denen ich oft ging, wenn ich traurig war. Beide waren am Wasser. Bisher war ich immer alleine dort gewesen, aber nun würde ich sie Ella zeigen.

»Ja, das tue ich. Es gibt zwei tolle Plätze, die wir ausprobieren können.«

Ella nickte zufrieden, während ich mit einer Hand das Katzenohr massierte und mit der anderen den Kuchen aß.

»Dann lass uns doch morgen nach der Schule gleich anfangen, wenn du Zeit hast?«

»Ja klar, habe ich!«

Zufrieden lehnte ich mich zurück, spürte die Wärme der Katze unter meiner Hand und fühlte mich einfach rundum wohl. Das war seltsam, denn normalerweise dauerte es lange, bis ich mich mit jemandem, den ich neu kennenlernte, auch nur halbwegs sicher fühlte.

»Erzähl mir etwas über dich«, sagte Ella plötzlich und lehnte sich auf ihrem Stuhl zurück. Ich spürte, wie mir die Röte ins Gesicht schoss und das machte mich wütend. Warum war mir denn schon so eine einfache Frage über mich peinlich?

»Ach, da gibt es nicht viel zu erzählen.«

»Das glaube ich nicht«, erwiderte Ella mit ihrer rauen Stimme. Sie trank einen Schluck Milch und sah mich mit diesem Blick aus ihren grünen Augen an.

»Ich glaube, dass es in dir sehr viel Spannendes gibt, du hast es nur ziemlich tief vergraben.«

»Oder ich habe es überhaupt noch nicht gefunden.«

»Manchmal ist es schwer, das, was in einem verborgen ist, in Worte zu fassen, denn es fühlt sich an, als würde man ein Bild ansehen, ohne seine Aussage zu begreifen, obwohl man es doch selbst gemalt hat. Aber es lohnt sich, es genauer zu betrachten.«

»Da bin ich nicht sicher«, erwiderte ich betrübt.

»Kim, warum bist du so traurig?«

Tief in mir bildete sich ein riesiger Sturm, der mit aller Gewalt aus mir herausbrechen wollte und der mir Angst machte.

»Ich glaube, das gehört in unserem Alter einfach dazu.«

»Ja, ein bisschen vielleicht schon, aber an dir ist etwas anders.«

»Wie meinst du das?«, fragte ich erschrocken. Anderssein war ja nun gerade das Letzte, was ich wollte. Obwohl: Ella hatte ja ganz offen zugegeben, dass sie anders war, und doch kam sie mir so viel natürlicher und »normaler« vor, als viele andere in unserem Alter.

»Das ist schwer zu beschreiben. Ich habe das Gefühl, dass du etwas in dir verbirgst. Etwas Großes, Schweres, das unbedingt heraus will, aber du lässt es nicht. Wenn ich dich ansehe, dann habe ich manchmal den Eindruck, dass ich in deinem Gesicht einen Kampf beobachten kann.«

In mir wurde es ganz still, denn ich hatte plötzlich ein Gefühl, das ich bisher nicht kannte. Das Gefühl, dass da jemand neben mir saß, der mich wirklich sah. Jemand, der unter meine Oberfläche blicken und mehr sehen konnte, als alle anderen.

Ich wünschte mir, mich einfach in dieses Gefühl hineinfallen lassen zu können und gleichzeitig hatte ich den Impuls, wegzulaufen. Ich wollte so sehr, dass Ella mich mochte.

»Ach, da täuschst du dich. Ich bin einfach manchmal ein bisschen verwirrt, das ist alles«, versuchte ich locker zu sagen, ohne Ella dabei anzusehen. Stattdessen blickte ich nach unten, wo Morticia immer noch zufrieden eingerollt auf meinem Schoß lag.

»Habt ihr noch mehr Haustiere?«, versuchte ich dann das Thema zu wechseln.

Ella beugte sich vor und strich Morticia ein paarmal sanft über den Rücken, wobei ihre Hand meinen Unterarm streifte. Ich bekam eine Gänsehaut, die vom kleinen Zeh bis zu meinen Haarwurzeln ging und wurde plötzlich ganz nervös. Am liebsten hätte ich angefangen wie Lea herumzuzappeln, doch ich beherrschte mich.

»Hinten im Garten haben wir einen kleinen Teich mit ein paar Fischen, sonst keine. Morticia kann andere Artgenossen leider überhaupt nicht ausstehen. Sollen wir ein bisschen rausgehen?«

»Ja, gerne.« Erleichtert nahm ich die Katze auf den Arm und stand auf.

Wir trugen das Tablett in die Küche zurück, schnappten uns jede noch ein großes Stück Kuchen und gingen damit in den Garten. Nachdem wir die Fische betrachtet hatten, machten wir es uns in der Hängematte bequem. Diese war so groß, dass wir ausgestreckt nebeneinander liegen konnten.

Sanft schaukelnd blickten wir schweigend in den Himmel.

»Was arbeitet deine Mutter eigentlich?«, wollte ich nach einer Weile wissen.

»Sie ist Übersetzerin für Englisch und Italienisch.«

»Und was übersetzt sie?«

»Ach, alles Mögliche. Am glücklichsten ist sie, wenn sie einen Roman oder Gedichtband bekommt. Das ist aber nicht so oft. Meistens sind es Gebrauchsanleitungen. Häufig auch Texte fürs Gericht und irgendwelche Ämter.«

»Gebrauchsanleitungen? Was für welche zum Beispiel?«

»Letztens hatte sie eine für eine Waschmaschine. Sie hat laut geflucht, die war nämlich unglaublich lang!«

»Und was macht dein Vater?«

»Er ist gestorben.«

Betroffen schwieg ich, weil ich keine Ahnung hatte, was ich darauf sagen könnte.

»Auf dem Heimweg von der Arbeit ist ein anderes Auto frontal in seins hineingerast. Er war sofort tot, hat vermutlich gar nichts mehr mitbekommen.«

»Oh, nein. Wie schrecklich. War der andere Fahrer betrunken oder so?«

»Er hatte einen Schlaganfall, konnte also gar nichts dafür. Soweit ich weiß, geht es ihm inzwischen wieder gut.«

Ich spürte, wie ein leichtes Zittern durch Ella lief. Ich hätte sie jetzt gerne in den Arm genommen, doch ich traute mich nicht.

»Weißt du, das ist eigentlich das Schlimmste daran. Nicht, dass es ihm jetzt wieder gut geht, sondern dass er gar nichts dafür konnte. Wenn so etwas passiert, dann braucht man doch eigentlich jemanden, den man dafür hassen kann. Aber man kann niemanden hassen, weil er einen Schlaganfall bekommen hat.«

»Seid ihr deswegen hergezogen?«

»Ja. Der Unfall ist jetzt zwei Jahre her. Wir haben versucht, einfach weiterzumachen, doch alles erinnerte uns zu sehr an ihn. Hier hat er mir schwimmen beigebracht, dort haben wir so gerne Eis gegessen, da hat er gearbeitet. An jeder Ecke lauerte etwas von ihm. Ich glaube, ich hätte es mit der Zeit ganz gut hinbekommen, aber meine Mutter nicht. Sie waren eines dieser Paare, die sich wirklich richtig gut verstanden haben. Manchmal hatte ich das Gefühl, dass sie sich schon immer kannten, irgendwann getrennt wurden, und sich dann als Erwachsene wieder getroffen haben. Zwischen ihnen war so ein ganz tiefes Verstehen, das ist schwer zu beschreiben.«

»Es muss wunderschön sein, so jemanden zu haben«, überlegte ich laut.

»Ja, das muss es. Allerdings führte es auch dazu, dass ich mich manchmal irgendwie überflüssig fühlte, so, als würde ich ihre Zweisamkeit stören. Sie haben ständig über alles miteinander geredet, sich immer irgendwo angefasst, als könnten sie es nicht ertragen, auch nur eine Sekunde voneinander getrennt zu sein. Obwohl wir uns immer gut verstanden haben, fühlte ich mich oft wie das fünfte Rad am Wagen.«

»Und wie ist es jetzt, mit dir und deiner Mutter?«

»Am Anfang war es ganz schrecklich. Ich war gleichzeitig furchtbar traurig und habe versucht, meine Mutter irgendwie zu trösten. Sie lief herum, als hätte sie von oben bis unten eine blutende Wunde.«

»So hat es sich für sie vermutlich auch angefühlt.«

»Ja, wahrscheinlich. Ich hätte sie aber auch gebraucht, ihren Trost und ihre Hilfe. Doch sie konnte mir lange einfach gar nichts geben.«

Plötzlich frischte der Wind auf und die Blätter über uns begannen zu rauschen.

»Wie bist du damit fertiggeworden?«, wollte ich wissen.

Ella schwieg eine Weile. »Ich weiß nicht genau. Dadurch, dass meine Mutter so komplett ausgefallen ist, konnte ich es mir nicht auch noch leisten, durchzudrehen. Also habe ich meinen Schmerz genommen, ganz tief in mir in eine Schublade gesteckt und sie fest zugeschoben.«

»Und wie geht es deiner Mutter jetzt?«

»Ich denke, so gut es eben möglich ist ohne ihn. Von dem Moment an, als wir beschlossen hatten, umzuziehen, begann sie, sich langsam zu erholen. Doch unser Verhältnis hat sich sehr verändert, seit das alles passiert ist.«

»Inwiefern?«

»Irgendwie sind wir mehr wie Freundinnen als Mutter und Tochter. Plötzlich musste ich damit aufhören, ihr Kind zu sein, weil sie keine Mutter mehr sein konnte. Manchmal nehme ich ihr das übel, aber nur manchmal, denn wie könnte man das jemandem wirklich übel nehmen?«

Schweigend blickten wir nach oben und sahen den Blättern dabei zu, wie sie sich vom Wind verwirbeln ließen. Am liebsten wäre ich für immer hier liegen geblieben, im warmen Wind, einer sachte schaukelnden Hängematte, mit Ella neben mir.

»Wenn du magst, kann ich dir morgen ein bisschen mehr von der Gegend hier zeigen, wenn wir sowieso unterwegs sind, um unsere Fotos zu machen«, sagte ich.

»Ja, bitte. Ich freue mich darauf. So richtig viel kenne ich von der Umgebung noch gar nicht.«

»Okay, dann hole ich dich morgen um vier ab!«

Langsam kletterten wir aus der Hängematte heraus. Ella brachte mich noch bis ans Gartentor.

»Bis morgen dann.«

»Ja, bis morgen!«

Nachdem ich nach Hause geradelt war, aß ich mit meinen Eltern zu Abend und danach sahen wir uns gemeinsam einen Film an. Ich ging früh ins Bett, konnte jedoch überhaupt nicht schlafen. Ich war so aufgedreht, als wäre ich gerade von einer Party nach Hause gekommen. Unzählige Gedanken flitzten durch meinen Kopf. Sooft ich mich auch über meine Eltern ärgerte, die Vorstellung, dass einer von ihnen plötzlich weg wäre, fand ich ganz fürchterlich. Ich konnte mir auch überhaupt nicht vorstellen, wie man so etwas aushalten sollte, ohne dabei völlig den Boden unter den Füßen zu verlieren. Mein ganzes Leben war seit einer Weile schon so voller kleiner Unsicherheiten, dass sich das zu einem undurchdringlichen Knäuel verschnürt hatte, über das ich ständig stolperte. Wie sollte man da etwas derart Großes überstehen können?

Wie Ella wohl gewesen war, als ihr Vater noch lebte? War sie da auch ein unsicherer Teenager wie ich gewesen? Ich wünsche mir, dass ich das irgendwann herausfinde, dachte ich noch, bevor ich endlich einschlief.

6

»Kommst du heute Abend mit ins Kino?«, fragte Lea mich am nächsten Tag nach der Schule.

»Nein, ich kann nicht.«

»Was hast du denn vor?«, wollte Sophie wissen.

»Ich treffe mich mit Ella. Wir wollen Fotos machen für unser Projekt.«

»Na, das wird ja wohl nicht so lange dauern«, meinte Sophie.

Fieberhaft durchwühlte ich mein Hirn nach einer plausiblen Antwort. Ich hatte natürlich keine Ahnung, wie lange ich mit Ella unterwegs sein würde. Ich hoffte einfach nur, dass ich eine Möglichkeit finden würde, möglichst viel Zeit mit ihr zu verbringen.

»Doch, das könnte schon sein, wir wollten versuchen, im Dunkeln Fotos zu machen und das wäre heute günstig, weil es nicht regnet.«

»Na gut«, sagte Sophie. »Wenn ihr doch früher fertig seid, dann ruf einfach an.«

»Okay, das mache ich!«

Sophie bog nach Hause ab und ich radelte den Rest des Weges neben Lea her. Heute hatte ich keine Probleme, bei ihrem rasenden Tempo mitzuhalten.

»Bis morgen dann«, rief sie mir zu und fuhr nach Hause.

»Bis morgen!«

Eilig stellte ich mein Fahrrad in unsere Garage und ging hinein. Ich hatte Glück, meine Mutter war bei einem geschäftlichen Termin und ich war allein zu Hause.

Rasch erledigte ich die Hausaufgaben, aß eine Kleinigkeit und setzte mich dann auf die Terrasse. Normalerweise mochte ich es nicht, einfach nur still zu sein, völlig ohne Ablenkung. Doch in dem Moment genoss ich das Gefühl der Vorfreude. Ein ganzer Nachmittag mit Ella lag vor mir! Aufgeregt hüpfte mein Herz im Brustkorb auf und ab.

Ich legte meine Hand darauf und konnte spüren, wie heftig es schlug. Wieder gab es in meinem Inneren ein paar seltsame Bewegungen, doch ich ignorierte sie schleunigst. Was auch immer da in mir aufzog, ich wollte es nicht haben. Alles was ich wollte, war mich auf den Nachmittag mit Ella freuen!

Als es an der Zeit war, machte ich mich gut gelaunt auf den Weg. Ella erwartete mich schon vor ihrem Haus.

»Hallo, Kim«, rief sie mir zu.

»Hallo! Was hast du denn da für ein Ding?«

»Das ist eine alte Polaroidkamera. Sie hat meinem Vater gehört und wir haben sie gestern auf dem Dachboden gefunden. Funktioniert noch einwandfrei! Schau, ich habe schon ein paar Fotos damit gemacht.«

Ich öffnete das Gartentor und trat ein, im selben Moment schoss Morticia hinter einem Gebüsch hervor auf mich zu und rieb sich laut schnurrend an meinen Beinen. Ich lachte und nahm sie auf den Arm.

»Hallo, Morticia«, sagte ich. »Woher kommt eigentlich der Name, Morticia?«

»Ach, aus dieser uralten Fernsehserie, die Adams Family. Eine der Hauptfiguren hieß so und die fand mein Vater klasse. Als Morticia uns damals zugelaufen ist, bekam sie sofort diesen Namen, da sie dieselbe Hochnäsigkeit und Eleganz besaß wie die Schauspielerin.«

»Sie ist euch zugelaufen?«

»Ja! Eines Tages stand sie in der Küche und es war, als hätte sie beschlossen, gerne bei uns zu wohnen. Nachdem nie jemand in der Umgebung nach ihr gesucht hatte, durfte sie bleiben.«

Morticia genoss laut schnurrend eine Ohrmassage von mir, während Ella mir die Polaroidfotos zeigte. Die Bilder sahen alle etwas vergilbt aus, vermutlich weil das Fotopapier schon ziemlich alt war.

»Irgendwie mag ich es, dass die Bilder durch diesen Gelbstich aussehen, als wären sie schon viel älter«, sagte ich.

»Ja, das gefällt mir auch. Du machst die modernen Fotos und ich alte, damit können wir vielleicht einen spannenden Kontrast in unsere Arbeit bringen. Komm, lass uns fahren, ich bin schon sehr gespannt, wohin du mich führst!«

Vorsichtig wollte ich Morticia auf den Boden setzen, doch sie klammerte sich mit ihren Krallen in meinem Shirt fest.

»Hey, du Monster!«, rief Ella aus. »Jetzt lass Kim los, ich verspreche auch, dass ich sie nachher wieder mitbringe!«

Vorsichtig versuchte Ella, Morticias Krallen aus meiner Bluse zu ziehen, während ich mal wieder knallrot wurde, weil ich mich so über das freute, was sie gerade gesagt hatte.

Beleidigt funkelte Morticia uns an, als wir durch das Gartentor schlüpften und uns auf den Weg machten. Ich hatte bis dato nicht gewusst, dass Katzen eine so ausdrucksstarke Mimik hatten.

Wir radelten nebeneinanderher und ich zeigte Ella unterwegs alles Mögliche. Das Kino, einen interessanten Klamottenladen, das beste Eiscafé der Stadt und meine Lieblingsbuchhandlung, in der man stundenlang ungestört in gemütlichen Sesseln Probelesen konnte.

»Was liest du gerne?«, wollte Ella wissen.

»Ach, eigentlich lese ich alles, was mir in die Finger kommt. Besonders gern mag ich Biografien und Geschichten, von denen ich weiß, dass sie wahr sind.«

»Hallo, Kim!«, hörte ich plötzlich jemanden hinter uns rufen und drehte mich um.

Marek kam gerade aus dem Buchladen heraus. Wir bremsten und er kam zu uns. Es war irgendwie verrückt, dass ich ihn seit dieser Party ständig traf, vorher waren wir uns nie über den Weg gelaufen.

»Hi, Marek«, sagte ich und stellte die beiden einander vor.

»Was hast du dir gekauft?«, fragte ich ihn dann.

»Der Vorleser«, erwiderte er. »Müssen wir für Deutsch lesen.«

»Ah, junger Mann verliebt sich leidenschaftlich in ältere Frau, cooles Thema«, meinte Ella.

Marek sah mich an und wurde rot. »Äh, ja. Irgendwie schon. Also, macht's gut, wir sehen uns.«

Eilig drehte er sich um und marschierte davon.

»Na, da ist aber jemand schwer in dich verknallt«, stellte Ella fest.

»Ach, quatsch«, erwiderte ich.

»Also, das ist doch wirklich nicht zu übersehen!« Ella

lachte. »Aber ich habe stark das Gefühl, dass er keine Chance bei dir hat.«

»Da hast du recht«, sagte ich und fuhr wieder los. Dieses Thema wollte ich jetzt keinesfalls vertiefen.

Nach ein paar Minuten erreichten wir einen meiner Lieblingsplätze. Wir fuhren durch ein großes Tor, das zum Stadtpark gehörte. Hier war meistens ziemlich viel los, aber nur im vorderen Teil. Dort gab es ein Café, zahlreiche bunte Blumenbeete, plätschernde Brunnen und einige fast handzahme Schwäne. Fuhr man jedoch weiter in den Park hinein, wurde es immer ruhiger. Unter dichten Bäumen gelangte man auf schmalen Kieswegen schließlich an einen kleinen See, der vom Weg aus allerdings nicht zu sehen war.

»So, wir sind da«, sagte ich, blieb stehen und lehnte mein Rad an einen Baum.

Ella sah sich um. »Hier?«

»Warte nur ab!« Grinsend ging ich voraus. Es gab einen kaum sichtbaren Pfad, der von beiden Seiten dicht mit Gebüsch zugewachsen war. Nach ein paar Metern lichtete er sich jedoch und gab den Blick auf einen wunderschönen kleinen See frei. Jetzt, gegen Ende des Sommers, blühten dort Seerosen auf dem unbewegten Wasser, das die Wolken am Himmel spiegelte.

Verwundert blieb Ella stehen. »Wow, ist das schön hier!«

Sofort packte sie ihre Kamera aus und begann, Fotos zu machen. Ich holte mein Handy aus dem Rucksack und knipste ebenfalls drauflos. Um den See herum gab es einen schmalen Uferweg und auf diesem arbeiteten wir uns einmal ganz rundherum. Ich nach rechts, Ella links herum. Ich grübelte nicht groß darüber nach, was und wie ich fotografierte, sondern hielt einfach alles fest, was mir vor die Linse kam und gefiel.

Immer wieder warf ich einen Blick zu Ella hinüber. Sie überlegte genau, bevor sie ein Bild machte, blickte durch den Sucher, oder veränderte ihre Position. Sie hatte keinen unbegrenzten Vorrat an Fotopapier und musste deswegen sparsam damit umgehen.

Ich hatte den See schneller als Ella einmal umrundet. Als ich fertig war, setzte ich mich auf einen Baumstamm, um auf sie zu warten. Inzwischen stand die Sonne schon tiefer und schickte ein paar Strahlen zwischen den Bäumen zu uns hindurch. Ella schien etwas entdeckt zu haben und beugte sich nach unten. Ganz vorsichtig und langsam nahm sie die große Kamera vor das Gesicht, bevor sie abdrückte. Gleich danach konnte ich im Wasser eine Bewegung erkennen. Sie nahm das Foto, das langsam aus dem Apparat kam, in die Hand und lief zu mir.

»Wow, hoffentlich ist das etwas geworden!«, rief sie aus.

Gemeinsam starrten wir auf das Papier und warteten darauf, was gleich erscheinen würde. Nach und nach konnte man Konturen erkennen und dann wurde es deutlich: Neben einer hellrosafarbenen Seerose hielt eine große Kröte ihre Nase in einen Sonnenstrahl.

»Wahnsinn, was für ein Bild«, sagte ich anerkennend.

»Ja.« Ella strahlte. »Das ist wirklich gelungen. Hilft uns zwar nicht für das Projekt, es soll ja um Menschen und Wasser gehen, aber es ist ganz schön cool!«

Sie drehte sich leicht zur Seite, um die Kamera zu verstauen, und dabei berührten sich unsere Knie. Wir hatten beide kurze Hosen an, sodass Haut an Haut lag. Eine Art Stromschlag ging durch meinen Körper. Die Welt um uns herum stand für einen Moment ganz still, selbst die Vögel hörten auf zu zwitschern.

Völlig reglos saß ich da, versuchte cool einfach so aufs Wasser zu schauen, während ich mich bemühte zu verstehen, was da gerade passiert war.

Ella schien nichts bemerkt zu haben, sie saß still neben mir und blickte verträumt aufs Wasser.

Wenn sie nichts gespürt hatte, dann war es wohl nur Einbildung, sagte ich mir und atmete ein paarmal tief durch. Als hätte jemand auf einer Fernbedienung auf Play gedrückt, bewegte die Welt sich wieder und die Geräusche kehrten zurück.

»Ich mag Menschen, bei denen man nicht immer sprechen muss«, sagte Ella plötzlich. »Manchmal sind so viele Dinge in mir, die mich bewegen, traurig machen. Dann brauche ich einfach einige Zeit Ruhe.«

Plötzlich ertönte ein lautes Quaken aus dem See und wir mussten lachen. Es war ein so schöner, inniger Moment, dass es fast ein bisschen wehtat.

»Möchtest du zum Abendessen mit zu mir kommen?«, fragte Ella und riss mich damit aus meinen Gedanken.

»Gerne!«

»Dann lass uns fahren, ich habe einen Mordshunger.«

Auf dem Heimweg erzählte ich Ella von dem anderen Platz, den ich ihr gerne noch zeigen würde. Dieser war an einem Fluss, der an einer breiten Stelle über ein paar künstlich angelegte Treppen floss. Es sah aus wie lauter kleine Wasserfälle übereinander.

»Klingt gut«, meinte Ella. »Wir können ja vielleicht nach dem Essen noch einmal los. Oder denkst du, es ist dann schon zu dunkel?«

»Es ist ziemlich dunkel dort«, sagte ich. »Ich bin nicht sicher, ob wir noch vernünftige Fotos machen können.«

»Das überlegen wir uns einfach nachher, okay?«

Ich nickte zustimmend und dann legten wir den Rest des Weges schweigend zurück.

Wir waren kaum durch das Gartentor gegangen, als Morticia schon wie ein Blitz um die Ecke geschossen kam und auf mich zusauste.

»Also jetzt bin ich aber langsam beleidigt«, stellte Ella fest und sah die Katze vorwurfsvoll an. Doch Morticia ignorierte sie völlig und beschmuste stattdessen erneut meine Beine. Ich nahm sie auf den Arm und wir gingen ins Haus.

Drinnen erwartete uns selbst gemachte Pizza und höllisch laute Musik. Ellas Mutter stand in der Küche am Fenster, mit dem Rücken zu uns. Sie hatte uns nicht kommen gehört. Ich rief Ella zu, dass ich kurz nach draußen gehen und meinen Eltern Bescheid geben würde. Sie nickte und ich meinte, einen besorgten Blick zu erkennen, als sie den Kopf wieder in Richtung ihrer Mutter drehte.

Immer noch mit der Katze auf dem Arm, ging ich rasch nach draußen und rief meine Eltern an. Dann schickte ich Lea und Sophie noch eine Nachricht, dass ich heute nicht mit ins Kino gehen würde, und ging wieder hinein.

Die Musik war verstummt und als ich die Küche betrat, hörten Ella und ihre Mutter auf zu sprechen. Die Stimmung war fühlbar seltsam, als würde eine schwere Decke auf uns allen liegen. Doch Ellas Mutter fing sich schnell und lächelte mich an. »Schön, dass du zum Essen bleibst, Kim! Wir haben nicht oft Besuch.«

»Vielen Dank für die Einladung. Es riecht ganz köstlich«,

sagte ich und im gleichen Moment knurrte mein Magen so laut, dass wir alle drei lachen mussten.

Zwischen Ella und ihrer Mutter herrschte eine ganz ungewöhnliche Atmosphäre. Es war schön, wie vertraut freundschaftlich sie miteinander umgingen. Es fühlte sich leicht an, so ganz anders, als bei mir daheim. Doch ich spürte auch, dass unter dieser Stimmung noch eine andere lag.

Wie unter einem schweren Deckel versteckt, schien da etwas zu brodeln.

»Puh, bin ich voll«, sagte Ella und schob den Teller von sich weg. »Ich glaube, jetzt bin ich zu faul, noch mal rauszugehen. Was meinst du, Kim, schnappen wir uns noch eine Tafel Schokolade und gehen auf mein Zimmer?«

»Gerne!«

»Geht nur, ihr beiden, ich räume das hier schon allein auf«, sagte Ellas Mutter.

Ich nahm Morticia auf den Arm, die während dem Essen auf meinem Schoß gelegen hatte. Dann folgte ich Ella nach oben und wir ließen uns auf ihr Bett plumpsen. Schweigend blickten wir beide zur Zimmerdecke hinauf, auf der ein paar Risse ein Muster gezeichnet hatten. Eine seltsame Unruhe überkam meinen Körper und wieder fühlte ich mich, als wäre ich Lea und bekam das dringende Bedürfnis, mich sofort zu bewegen.

Plötzlich ertönte von unten erneut sehr laute Musik. Mit einem Ruck setzte Ella sich auf. »Ich komme gleich wieder, fühl dich wie zu Hause«, sagte sie und ging hinaus.

Ich stand auf und versuchte meine unerklärliche Unruhe durch Hin- und Hergehen ein wenig einzudämmen. Ellas Zimmer war auch heute ordentlich aufgeräumt, nur auf dem kleinen Schreibtisch lagen haufenweise Zettel und Papiere durcheinander. Ich ging näher und sah, dass sie alle beschrieben waren, und obwohl ich fürchterlich neugierig war, drehte ich mich weg. Keinesfalls sollte Ella denken, dass ich in ihren Sachen stöberte, falls sie plötzlich zurückkam.

Ihr Bücherregal war unglaublich voll und ich entdeckte viele Titel, die ich auch schon gelesen hatte. Ich freute mich darüber, dass wir dieselben Sachen mochten.

Unten verstummte die Musik und ich konnte die beiden sprechen hören, jedoch nicht verstehen, worum es ging. Ellas Stimme klang aufgeregt und kurze Zeit später ging die Zimmertür wieder auf.

»Tut mir leid, Kim, aber es ist vielleicht besser, wenn du jetzt gehst. Meiner Mutter geht es nicht gut.«

»Klar, kein Problem«, antwortete ich und schnappte mir meinen Rucksack.

»Danke für den schönen Nachmittag«, sagte Ella, beugte sich vor und gab mir einen Kuss auf die Wange.

Die Welt hörte erneut auf sich zu drehen, mein Herz wusste nicht, ob es davongaloppieren, oder aussetzen sollte und ein riesiger Schauer lief einmal von oben bis unten durch meinen Körper.

»Ich fand es auch schön«, erwiderte ich ein wenig atemlos.

Doch Ella hatte sich schon zur Türe gedreht und ging hinaus. Ich war enttäuscht, ohne zu wissen, warum.

»Wenn du später noch reden willst, dann melde dich«, sagte ich, als wir am Gartentor standen und versuchte, total cool zu klingen.

»Danke.«

Auf dem Heimweg legte ich eine Weile meine Hand auf die Wange, als könnte ich Ellas Kuss damit festhalten.

Meine Eltern saßen im Wohnzimmer und lasen, meine Mutter einen Roman, mein Vater die Tageszeitung. Sie waren so vertieft, dass sie mich noch gar nicht gehört hatten, und ich blieb einen Moment stehen, um sie zu betrachten. Zwischen ihnen gab es nie so ein schönes Schweigen, wie ich es heute mit Ella erlebt hatte. Wenn sie zusammen waren und nicht redeten, lag immer eine seltsame Atmosphäre in der Luft. Das machte mich jedes Mal ganz unruhig und ich fühlte mich wie eine Flasche Sprudelwasser, die jemand geschüttelt hatte. In unserem Haus hingen eine Menge ungesagte Dinge über unseren Köpfen, die ich zwar spüren, aber nicht verstehen konnte.

Doch sicher war es auch nicht einfach für Ella, so viel über ihre Mutter zu wissen und auch noch die Stärkere sein zu müssen. Verdrehte Rollen.

Ich sagte meinen Eltern kurz Hallo und ging dann auf mein Zimmer. Immer wieder strich ich über die Stelle, auf der Ellas Kuss gelandet war. Ich kam mir dabei zwar ein wenig blöd vor, aber lassen konnte ich es trotzdem nicht. Irgendwie wusste ich nicht so recht, was ich jetzt mit mir anfangen sollte, und beschloss, mir ein Bad einzulassen. Als ich in den warmen Schaum eintauchte, erinnerte ich mich wieder und wieder an den schönen Moment vorhin und versuchte im Nachhinein herauszufinden, was genau daran denn so besonders war? Schließlich küsste und umarmte ich Lea oder Sophie ja auch oft, ohne dass mir das irgendwie bedeutsam vorkam.

Empfand ich es irgendwie anders, weil ich wusste, dass Ella lesbisch war? Nein, dachte ich mir, das ist mir völlig egal und sie vermittelte mir absolut gar nicht den Eindruck, als wäre sie an mehr als Freundschaft interessiert.

Ein seltsames Grollen zog in mir auf, als würden ein paar riesige Kugeln sich in Bewegung setzen. Das fühlte sich so unangenehm an, dass ich eilig aus der Wanne stieg, mich trocken rubbelte und in mein Zimmer zurückging.

Ich warf einen Blick auf mein Handy. Nichts. Also nahm ich mir mein Buch und kuschelte mich unter die Decke. So ein Leseabend für sich allein ist doch etwas Herrliches!, sagte ich mir und war doch nur auf der Suche nach Ablenkung.

Eine halbe Stunde später piepte mein Handy.

Sorry noch mal, dass ich dich vorhin so eilig rausgeworfen habe. Ella

Ella!

Kein Problem! Geht es deiner Mutter denn jetzt besser?

Ja, es geht wieder. Aber Morticia ist stinksauer. :-)

Wie sehr mich das freute!

Oh, dann knuddel sie von mir und sag ihr, ich komme gerne bald wieder!

Das wollen wir auch hoffen!

Ein breites Grinsen huschte über mein Gesicht. *Und wie geht es dir?*

Passt schon. Ich bin es ja gewöhnt. Sie hat immer mal wieder Abende, an denen sie einfach aus der trüben Stimmung nicht mehr rauskommt. Morgen wird es wieder besser sein.

Ich stelle mit das unglaublich schwierig vor.

Was?, hakte Ella nach.

Die eigene Mutter zu trösten.

Ja, manchmal fühle ich mich, als würde jemand einen Korken in mich hineindrehen, der eigentlich herausgedreht gehört.

Ich kenne das Gefühl.

Woher?

Mist, das war mir jetzt nur so herausgerutscht. Mehrfach tippte ich eine Antwort und löschte sie.

Ach, ich bin einfach manchmal so traurig, oder eher schwermütig, da fühle ich mich ganz ähnlich. Aber das ist mit deinen Problemen nicht zu vergleichen. Bei mir ist das ja nur so eine Art anfallsartige miese Laune.

Das glaube ich nicht. Du bist nicht der Typ für nur so miese Laune.

Ich wusste nicht, was ich darauf antworten sollte und starrte verzweifelt auf mein Handy. Krampfhaft suchte ich nach einem witzigen, unverfänglichen Satz. Doch sie kam mir zuvor.

Hey, du musst mir nichts sagen, was du nicht sagen willst. Manche Türen muss man geschlossen halten, bis der richtige Zeitpunkt gekommen ist.

Plötzlich kam ich mir im Vergleich zu Ella, wie ein sehr unreifes, kleines Mädchen vor.

Bis morgen in der Schule. Gute Nacht.

Schlaf gut, Kim.

Du auch!

Ich lag noch lange wach und dachte über Ella nach. Sie war so anders, als alle anderen in unserem Alter. Klar musste man schneller erwachsen werden, wenn einem etwas derart Schlimmes passierte wie der plötzliche Tod des Vaters, aber da war noch etwas. Wo es für die meisten besonders wichtig war, nicht aus dem Rahmen zu fallen, »normal« zu sein, oder die richtigen Klamotten anzuhaben, schienen genau diese Punkte für Ella vollkommen egal zu sein. Ich hatte den Eindruck, dass sie sich ihrer selbst schon völlig sicher war, wo ich noch nicht mal ansatzweise einen Weg für mich sehen konnte.

Auch Sophie war selbstbewusst, doch auf eine ganz andere Art als Ella. Bei Sophie war immer eine gewisse Unruhe zu spüren. Sie war so wild auf das Leben. Darauf, alles auszuprobieren und so viel wie möglich mitzunehmen. Ella dagegen strahlte diese besondere Ruhe aus, die fast greifbar war und in die ich mich gerne einwickeln wollte.

Wie sehr sehnte ich mich zurück nach der Leichtigkeit, die das Leben früher gehabt hatte. Noch vor ein paar Jahren hatte ich mir so sehr gewünscht, endlich sechzehn zu sein und erwachsen zu werden. Doch inzwischen wollte ich oft die Zeit zurück, als jeder Tag noch wie eine große Tüte Smarties war, wo einem ständig bunte Sachen vor die Füße fielen, die man sorglos naschte. Ob es wohl eine Möglichkeit gab, möglichst schnell irgendwie selbstsicherer zu werden? Warum hatte wohl dafür noch niemand eine App erfunden?

7

Am nächsten Tag in der Schule sah Ella sehr müde aus. Ich hatte leider keine Gelegenheit, sie zu fragen, wie es ihr ging. In den ersten Stunden hatten wir Sportunterricht und Lea schaffte es mal wieder, uns zu übertrumpfen. Sie rannte schneller, sprang höher und warf weiter als alle anderen.

»Eigentlich müsstest du gegen die Jungs antreten«, meinte Sophie irgendwann.

»Ja, gute Idee! Es macht so gar keinen Spaß, wenn man immer gewinnt«, sagte Lea, die kaum außer Atem war, während der Rest der Klasse schnaufend auf der Wiese saß.

»Was machen wir am Wochenende?«, wollte Sophie wissen.

»Meine Eltern sind weg, wir könnten uns bei mir treffen«, schlug Lea vor.

»Oh, klasse! Machen wir eine Party?«, fragte Sophie begeistert.

»Auf keinen Fall! Ich habe keine Lust, den ganzen Sonntag zu putzen und das Haus nach verlorenen oder kaputtgegangenen Dingen abzusuchen. Wirklich nicht!«, rief Lea empört aus.

»Du bist echt ein kleiner Spießer«, schimpfte Sophie. »Dann machen wir eben einen DVD-Abend – wie Omas!«

»Das klingt doch super, ich koche dir einen Kamillentee«, erwiderte Lea lachend und machte sich auf, um zum Spaß noch ein paar Weitsprünge zu üben.

»Ich hätte auch keine Lust auf eine Party bei mir daheim«, stellte ich fest. »Das geht in der Regel nicht gut aus.«

»Ja, kann schon sein. Aber im Moment ist es so öde und es kotzt mich an, dass wir nicht alt genug sind, um das ganze Wochenende durch die Clubs ziehen zu können.«

»Hey, das kommt schon noch! Und so ein gemütlicher Abend zu dritt ist ja wohl auch nicht verkehrt«, versuchte ich, sie zu trösten.

»Klar, das ist viel spannender, als tanzen, trinken und feiern!«

Verstohlen blickte ich mich nach Ella um. Leider konnte ich sie nirgends entdecken, wahrscheinlich war sie schon zum Umziehen gegangen. Ich schlich immer auf den letzten Drücker in die Umkleiden, damit möglichst viele schon fertig und weg waren.

Danach hatten wir Deutsch und unsere Lehrerin wollte wissen, ob jemand seinen Aufsatz zum Thema »Mein letztes Jahr« vorlesen wollte. Ella meldete sich.

Ich hatte bis dahin schon unzählige Geschichten gelesen, die mich sehr berührt hatten, aber einige Passagen aus Ellas Text schossen wie Pfeile direkt in mein Herz. Es war, als hätte sie etwas aufgeschrieben, für das ich bisher keine Worte gefunden hatte.

Wenn für alle anderen der Himmel blau strahlte, mit einer Sonne aus Gold und fröhlich spielenden Vögeln als Kulisse davor, sah ich nur eine fahle Leinwand, grob bepinselt, todlangweilig in ihrer Gleichförmigkeit. Ich sehnte mich danach, einen Reißverschluss zu entdecken, den ich aufziehen, weit auseinanderreißen und durch ihn hindurchtreten konnte. Ich wünschte mir eine Welt, die das Gegenteil von meiner war, mit schwarzem Schnee, herumlaufenden Pflanzen und konstanten Gefühlen. Eine Welt, in der das Leid nicht plötzlich kam und die Freude keine Chance hatte, einfach zu verschwinden. In der die Worte nicht so hart waren, dass man mit ihnen werfen konnte, und in der ich klein genug war, um mich in einer großen, warmen Faust zu verstecken.

Manchmal muss man aus sich heraustreten und die Schale zurücklassen. Die neue, die dabei entsteht, ist härter und undurchlässiger, schützt einen aber trotzdem nicht unbedingt vor dem, das einem wehtun kann.

Ein Jahr kann schnell wie ein Tag vorbeiflitzen, weil so viel in ihm passiert, dass die Seele nicht hinterherkommt. Doch die Spuren sind tief eingegraben, wie Fahrrinnen auf einer Autobahn im glühend heißen Sommer.

Als Ella fertig gelesen hatte, herrschte Totenstille im Klassenzimmer. Selbst unsere Lehrerin brauchte einen Moment, bis sie sich wieder gefangen hatte.

»Wow, toll, Ella. Das war wirklich großartig«, sagte sie dann beeindruckt. Im Gegensatz zu allen anderen wusste ich, was mit ihrem Vater passiert war. Deswegen berührte mich dieser Text umso mehr. Wie schrecklich gerne wäre ich in dem Moment einfach aufgestanden und hätte Ella in den Arm genommen. Aber natürlich ging das nicht. Nach ihrem Auftritt hatte niemand mehr Lust, etwas vorzulesen und so sammelte unsere Lehrerin die anderen Texte ein und begann für den Rest der Stunde ein neues Thema.

Am Ende des Unterrichts, als die Stühle hastig über den

Boden kratzten und alle aufsprangen, beugte ich mich zu Ella hinüber.

»Das war wunderschön. Du schreibst großartig.«

»Vielen Dank! Wenn ich schreibe, kann ich einfach mit vielem besser fertigwerden. Es ist ein bisschen, als würde dabei ein Teil meines Schmerzes durch den Stift im Papier verschwinden.«

Ella stand auf und packte ihre Sachen in die Tasche.

»Was machst du am Wochenende?«, fragte ich.

»Meine Mutter und ich fahren jetzt gleich zu meiner Oma. Sie wird morgen fünfundsiebzig und es gibt eine Feier.«

»Freust du dich darauf?«

»Ach, geht so. Es ist schon immer ganz nett da und es gibt tonnenweise unglaublich leckere Sachen zu essen, aber ehrlich gesagt hätte ich wesentlich mehr Lust, mich mit dir zu treffen und weiter an unserem Projekt zu arbeiten.«

Natürlich konnte ich es wieder nicht verhindern, dass ich vor Freude knallrot wurde. Eilig bückte ich mich und fummelte an meinen Schuhen herum.

»Hast du dir deine Fotos denn schon angesehen?«, wollte Ella wissen.

So langsam wie möglich band ich den zweiten Schnürsenkel zu und setzte mich dann wieder auf. Ich wäre am liebsten aus dem Fenster gesprungen vor Scham und Wut, weil ich spürte, wie heiß mein Gesicht pochte.

»Nein, ich bin noch gar nicht dazu gekommen, aber das mache ich am Wochenende.«

»Okay! Dann können wir sie nächste Woche gemeinsam ansehen und überlegen, wie wir weitermachen«, antwortete Ella.

»Kommst du, Kim?«, ertönte es plötzlich von der Tür. Sophie und Lea warteten auf mich.

»Ja, ich komme gleich.«

Ich stand auf und schnappte mir meinen Rucksack.

»Ich wünsche dir ein schönes Wochenende, lass es dir gut schmecken!«

»Danke, das werde ich sicher! Meistens bleibt so viel übrig, dass wir mit haufenweise Essen für die nächsten Tage nach Hause kommen. Dann bringe ich dir am Montag Kuchen mit in die Schule.«

»Wer kümmert sich denn um Morticia, wenn ihr weg seid?«, wollte ich noch wissen.

»Sie kommt mit. Autofahren macht ihr überhaupt nichts aus.«

»Okay. Ansonsten hätte ich sie auch versorgen können.«

»Danke, das ist lieb von dir, Kim. Obwohl ich befürchte, dass sie uns, nach einem Wochenende mit dir, überhaupt nicht mehr beachten würde!«

»Kim, wo bleibst du denn?«, fragte Sophie erneut und steckte den Kopf durch die Tür.

»Ich komme ja schon«, rief ich zurück. Warum konnte die Zeit nie im richtigen Moment in Zeitlupe vergehen?

»Na dann, lass uns gehen«, sagte Ella. »Wollen wir uns gleich Montagnachmittag treffen?«

»Ja! Sehr gerne!«

Das ganze Wochenende lang versuchte ich mich abzulenken, doch in Gedanken war ich seltsamerweise immer bei Ella und das machte mich ganz hibbelig. Wieso saß sie plötzlich wie ein Kuckucksei in meinem Kopf und ich bekam sie nicht mehr hinaus?

Sophie und ich hatten von Samstag auf Sonntag bei Lea übernachtet. Nach einem lustigen Abend mit mehreren Filmen, Unmengen Chips, Eis und einer fast durchgequatschten Nacht, kam ich Sonntagmittag müde wieder nach Hause. Ich erledigte meine Hausaufgaben und als mich wieder eine nervtötende Unruhe packte, machte ich mich auf den Weg zu der Stelle, die ich Ella morgen zeigen wollte.

Als ich mein Fahrrad abstellte, sah ich jemanden am Ufer sitzen. Das ärgerte mich, ich wollte alleine sein und normalerweise traf ich hier so gut wie nie auf jemand anderen. Ich überlegte gerade, wo ich stattdessen hinfahren könnte, als die Person aufstand und wütend einen Stein ins Wasser schleuderte. In dem Moment erkannte ich, dass es Marek war.

Er drehte sich um und entdeckte mich, bevor ich die Gelegenheit hatte, unbemerkt zu verschwinden. Mit den Händen in den Hosentaschen kam er auf mich zu.

»Hi, Kim«, sagte er und sah dabei unglaublich traurig aus.

»Hi, Marek. Was ist denn los mit dir?«

»Ach, nichts«, zischte er wütend und trat mit dem Fuß gegen einen Erdhaufen.

»Ja, das sehe ich. Deswegen zerstörst du auch zum Spaß die Behausung des Maulwurfs hier.«

»Das war kein Maulwurfshügel.«

»Woher willst du das wissen?«

»Weiß ich halt.«

»Okay. Ich gehe dann mal wieder. Viel Spaß noch«, sagte ich und wollte mich umdrehen. Keine Ahnung, was mit ihm los war, aber ich hatte keine Lust auf seine schlechte Laune.

»Kim, warte. Sorry. Ich …«

»Ja?«

»Ich bin einfach total schlecht drauf.«

»Wegen mir?«, fragte ich, denn plötzlich fiel mir ein, dass einige andere ja gemeint hatten, er würde mich sehr mögen.

»Was? Wie kommst du denn darauf?«, erwiderte Marek.

»Na, weil … ach, keine Ahnung.«

Prompt wurden wir wieder beide rot und als wir uns ansahen, mussten wir lachen.

»Ich mag dich wirklich sehr, Kim. Aber ich hab schon kapiert, dass du nichts von mir willst, und das ist okay.«

Erleichtert sah ich ihn an. »Ich mag dich auch, Marek, aber eben einfach nicht so.« Ich war ein bisschen stolz auf mich, dass ich mich getraut hatte, das zu sagen.

»Na, dann hätten wir das ja jetzt geklärt. Bleibst du noch ein wenig hier?«, fragte er.

Ich nickte und wir setzten uns gemeinsam ans Ufer. Laut rauschte das Wasser an unseren Füßen vorbei und passierte die kleinen Treppen. Die Sonne stand schon tief und brachte die unzähligen Wellen zum Glitzern. Ein funkelndes Auf und Ab. Ich nahm mein Handy heraus und versuchte, dieses Funkeln einzufangen. »Warum bist du denn so schlecht drauf?«, fragte ich Marek dann.

»Ach, Stress daheim.«

»Mit deinen Eltern?«

»Ich nicht, mein Bruder.«

»Marek, du kannst es mir gerne erzählen, aber ich will dir nicht alles aus der Nase ziehen müssen!«

Er atmete tief durch und schien mit sich zu ringen, ob er es mir erzählen sollte, oder nicht.

»Mein Bruder ist heute Morgen ausgezogen, weil er einen riesigen Streit mit meinen Eltern hatte.«

»Hängst du sehr an ihm?«

»Ja, das tue ich. Klingt jetzt vielleicht, als wäre ich ein Weichei oder so etwas, aber Marko und ich waren immer fast wie Zwillinge.«

»Ihr heißt Marek und Marko?«, fragte ich und unterdrückte ein Kichern.

Marek schubste mich vorsichtig. »Hey, was ist denn daran lustig?«

»Ach, gar nichts. Erzähl weiter. Was war das denn für ein Streit?«

Marek schwieg einen Moment lang und starrte aufs Wasser. »Marko ist schwul und meine Eltern kommen damit nicht klar.«

Erstaunt sah ich ihn an.

Tränen liefen über seine Wangen und er saß einfach da und ließ es geschehen. Ich wühlte in meinem Rucksack nach einer Packung Taschentücher, fand aber nur eine alte Serviette.

»Hier«, sagte ich und reichte sie ihm.

Er reagierte nicht, starrte einfach leer vor sich hin. Ich rutschte ein bisschen näher und legte meinen Arm um seine Schulter. Zuerst wollte er wegrutschten, aber dann ließ er es doch zu.

»Ist ja witzig, dass du mir heute erzählst, dass dein Bruder schwul ist. Ella, die Neue aus meiner Klasse, hat letzte Woche im Pausenhof einfach so gesagt, ›hey, ich steh auf Mädchen‹.«

»Ja, ich habe davon gehört«, erwiderte Marek. »Sie scheint wirklich cool zu sein.«

Eine ganze Weile saßen wir schweigend da. Immer wieder zog er die Nase hoch.

»So, jetzt putzt du aber mal dein Riechorgan, mein Junge«, sagte ich und hielt ihm die zerknitterte Serviette hin.

Marek nahm sie und faltete sie auf. Die Serviette schien schon eine Weile in meinem Rucksack gelegen zu haben, denn nun blickten wir beide auf tanzende Osterhasen in lächerlichen Latzhosen. Ganz sauber sah sie auch nicht mehr aus.

Mit dem Handrücken wischte Marek sich die Tränen vom Gesicht und kicherte. »Ich glaube, ich möchte dieses Ding nicht benutzen.«

»Sei nicht so zimperlich«, erwiderte ich und klopfte ihm auf die Schulter.

»Also komm, was war das denn nun für ein Streit?«, wollte ich wissen.

Marek schnäuzte sich nun doch kräftig in meine Serviette und steckte sie dann in seine Hosentasche. »Ach, meine Eltern kommen eben einfach nicht mit der Tatsache zurecht, dass er schwul ist. Er hat einen Freund, seit ungefähr einem halben Jahr und jetzt ist er zu ihm gezogen. Er wollte ihn gern mal zum Essen zu uns mitbringen, damit sie ihn kennenlernen, aber sie haben es nicht erlaubt. Daraufhin ist er so ausgeflippt, dass er seine Sachen gepackt hat.«

»Stört es dich denn?«, fragte ich.

»Was meinst du?«

»Na, dass er schwul ist.«

»Nein, warum sollte es? Niemand sucht sich aus, wie er aussieht, oder wie er eben ist. Wie kann man also jemanden dafür verurteilen?«

Da hatte er recht. Ella und er würden sich mögen, dachte ich plötzlich.

»Wie alt ist dein Bruder?«

»Er ist letzten Monat neunzehn geworden.«

»Und seit wann weiß er es?«

»Keine Ahnung. Aber ich denke, ziemlich lange. Ich kann mich erinnern, dass er schon, als wir noch kleine Jungs waren, immer gesagt hat, er würde später lieber einen Mann heiraten. Das fand mein Vater gar nicht witzig.«

»Kann ich mir vorstellen!«

Letztens hatten meine Eltern und ich uns gemeinsam eine Fernsehserie angesehen und in der Folge outete sich eine der Hauptpersonen als schwul. Mein Vater schimpfte vor sich hin, schien sich richtiggehend zu ekeln und konnte gar nicht mehr aufhören, sich darüber aufzuregen. Mir wurde ganz schlecht. Ich konnte mich noch gut an jedes einzelne Wort erinnern.

»Das ist ja ekelhaft«, war das Erste, was er gesagt hatte.

»Was ist ekelhaft?«, hatte ich nachgefragt, weil ich zuerst gar nicht wusste, wovon er sprach.

»Dass es jetzt anscheinend in jeder Serie dieses Thema geben muss!«

»Welches Thema?«

»Man möchte meinen, es soll plötzlich ganz normal sein, dass überall Schwule herumlaufen.«

Ich sah ihn mit großen Augen an.

»Was stört dich denn daran?«

»Ich will so etwas nicht sehen.«

»Warum?«

»Weil ich es ekelhaft finde.«

»Das hast du schon gesagt, aber ich verstehe es nicht.«

»Was kann man daran denn nicht verstehen?«

Ich war fassungslos. »Was ist denn daran ekelhaft, wenn zwei Menschen, die sich mögen, sich küssen?«

»Es ist nicht normal.«

»Was ist denn für dich normal?«

Meine Mutter sah mich strafend an, aber ich war mir keiner Schuld bewusst. Das war doch nun wirklich keine ungewöhnliche Frage!

Mein Vater starrte auf den Fernseher, wo inzwischen die Nachrichten liefen.

»Was ist denn nun für dich daran so unnormal?«, hakte ich nach.

»Jetzt lass mich doch in Ruhe damit!«

Mein Vater war jemand, der nicht viel redete und auch nicht gerne diskutierte. Aber das war mir in dem Moment egal.

»Ich hätte aber gerne eine Antwort!«

»Jetzt gib doch endlich Frieden, Kim«, mischt meine Mutter sich ein.

»Warum soll ich Frieden geben? Ich will doch nur verstehen, was für ihn normal ist und was nicht!«

»Es ist nicht normal, wenn ich mir im Fernsehen zwei Männer bei so etwas ansehen muss. Und damit ist jetzt Schluss.«

»So etwas?«, rief ich empört aus.

Ich sah meine Mutter an und hätte sie am liebsten gefragt, was sie denn darüber dachte. Aber sie hatte wieder ihren üblichen Blick aufgesetzt, der ganz klar besagte, dass es ab hier nicht mehr weitergehen würde. Als hätte sie in ihrem Gesicht eine Schranke.

Ich konnte es kaum glauben, dass mein Vater wirklich

so dachte. Dass er es vielleicht seltsam oder ungewöhnlich fand, bitte sehr. Aber er hatte mit einer solchen Abscheu gesprochen, wie ich es noch nie bei ihm zuvor erlebt hatte.

Man konnte doch niemanden für das verurteilen, was er empfand. Wie meine Mutter darüber dachte, wusste ich zwar nicht, aber wir hatten uns schon immer schwer damit getan, miteinander zu reden, wenn es nicht nur um Oberflächliches ging. Manchmal kam es mir so vor, als würden wir verschiedene Sprachen sprechen.

Ich strich mir kurz über das Gesicht, um die Erinnerung zu verscheuchen.

»Und was denkt deine Mutter darüber?«, fragte ich Marek.

»Ich glaube, dass sie das nicht so schlimm findet. Sicher wünscht sie sich, dass er anders wäre. Wollen nicht alle Eltern, dass ihre Kinder auf gar keinen Fall irgendwie aus dem Rahmen fallen? Als könnte man uns schon nach der Geburt in einen starren Bilderrahmen pressen, zusammen mit seinen eigenen Vorstellungen und dann nur noch drauf warten, dass wir uns auch ja nur innerhalb dieser Grenzen bewegen.«

»Hey, du bist ja ein richtiger Poet!«

»Danke.« Endlich grinste er wieder. Ich mochte sein Gesicht, wenn er lachte. Er war ein gut aussehender Junge, groß und muskulös, mit glatten, schokobraunen Haaren, die ihm immer ins Gesicht hingen, und sehr dunklen Augen, die mich an Morticia erinnerten. Der Gedanke an Ella kroch in mir hoch und ich spürte, wie die kleine Stelle in meinem Bauch sich regte.

»Ich glaube, meine Mutter wünscht sich einfach, dass ihre Kinder glücklich sind, egal wie.«

»Ich finde, so sollte das auch sein.«

»Ja, das sollte es.«

»Du bist aber auch irgendwie anders«, stellte ich fest.

»Wie meinst du das?«

»Normalerweise reden Jungs in unserem Alter nicht so wie du.«

»Also, wenn dir das gefällt, dann könnten wir ja vielleicht doch …?«, sagte Marek und beugte sich zu mir.

Erschrocken wich ich zurück.

»Hey, entspann dich, ich verarsche dich doch nur!«, rief er lachend.

Erleichtert schlug ich ihn auf den Arm. »Trottel.«

»Vielleicht bin ich durch Marko auch irgendwie anders geworden. Er ist halt jemand, der sich viele Gedanken macht, gerne über alles redet, was ihm so durch den Kopf geht, und vor allem ist er der intelligenteste Mensch, den ich kenne.«

»Das klingt schön. Ich habe mir immer Geschwister gewünscht.«

»Komm, lass mich für heute dein Ersatzbruder sein. Ich lade dich noch auf ein Eis ein, hast du Lust?«, fragte Marek.

»Na klar!«

Wir standen auf und in dem Moment verschwand die Sonne dunkelrot hinter einem Baum. Das Wasser vor uns schien blutrot zu leuchten.

»Warte, das sieht ja irre aus, ich will noch schnell ein paar Fotos machen«, bat ich.

Rasch knipste ich ein paar Bilder mit meinem Handy, vielleicht könnte ich später eines davon Ella schicken.

Danach radelten wir zurück und ich freute mich wirklich, dass ich Marek getroffen hatte. Wir setzten uns in der

Eisdiele an einen Tisch auf dem Gehsteig und bestellten zwei riesige Eisbecher. Er erzählte mir noch viel von seinem Bruder und der gemeinsamen Kindheit. Es musste schön sein, einen Menschen zu haben, den man von Anfang an kannte und der einem so nahe war.

Als ich meinen Eisbecher geleert hatte, lehnte ich mich zurück und entdeckte plötzlich Sophie am Ende der Straße. Sie diskutierte mit einem Jungen, den ich noch nie gesehen hatte. Aufgeregt gestikulierte sie und es wirkte, als würde sie versuchen, ihn von irgendetwas zu überzeugen. Doch er wandte sich immer wieder ab. Jedes Mal ging sie hinterher, hielt ihn am Arm fest und redete weiter. So hatte ich Sophie noch nie gesehen. Normalerweise war sie im Umgang mit Jungs ja eher die hofierte Königin und wer nicht spurte, wurde schnell entsorgt. Das sah aber völlig anders aus.

Am liebsten wäre ich hingegangen, doch ich konnte Marek nicht einfach sitzen lassen. Wir redeten noch eine Weile über verschiedene Sachen und ich genoss seine Gesellschaft sehr. Es war für mich das erste Mal, dass ich mich mit einem Jungen in meinem Alter wirklich wohlfühlte.

Verstohlen beobachtete ich nebenbei die Szene mit Sophie und hoffte, sie würde hier vorbeikommen. Doch nach einigen Minuten machte ihr Gesprächspartner sich endgültig auf den Weg und sie marschierte wütend in die andere Richtung davon. Er kam ziemlich nah bei uns vorbei und da konnte ich sehen, dass er einige Jahre älter als wir sein musste.

»Hey, war das nicht Sophie da hinten?«, fragte Marek.

»Ja, sieht so aus.«

»Sie ist schon wirklich verdammt hübsch«, bemerkte er. »Aber mir wäre das fast zu viel.«

»Wie meinst du das?«

»Ich möchte keine Freundin haben, die so extrem auffällig ist. Da muss man doch ständig Angst haben, dass sie von anderen angebaggert wird.«

»Ja, damit könntest du recht haben. Hattest du denn schon mal eine Freundin?«

»Nicht so wirklich. Es gab zwei, drei Mädchen, aber irgendwie wurde dann doch nichts draus.«

»Vielleicht bist du zu anspruchsvoll?«

»Keine Ahnung, vielleicht.«

»Ich lade dich ein«, beschloss ich spontan, sprang auf und ging zum Zahlen hinein.

»Vielen Dank«, sagte Marek, als ich zurückkam. »Ich werde mich so bald wie möglich revanchieren. Warst du schon mal in der neuen Pizzeria, die in dem ehemaligen Uhrenladen aufgemacht hat?«

»Nein, noch nicht.«

»Okay, dann gehen wir da mal hin, wenn du Lust hast. Die Pizza ist der Hammer und man kann zusehen, wie sie in einem riesigen Holzofen gebacken wird.«

»Klingt gut, das machen wir!«

»Freunde?«, fragte Marek und hielt die rechte Hand nach oben.

»Freunde!«, erwiderte ich und schlug ein.

Nachdem wir uns verabschiedet hatten, radelte ich eilig nach Hause. Ich wollte unbedingt Sophie anrufen und erfahren, was da los war. Doch sie ging nicht an ihr Handy. Also schickte ich eine Nachricht.

Danach sah ich mir die Fotos von vorhin durch, leider waren sie ein bisschen zu dunkel geworden, aber eines war dabei, das zumindest erahnen ließ, wie schön es dort aussah. Ohne lang zu überlegen, schickte ich es kommentarlos an Ella. Als ich das gemacht hatte, grübelte ich allerdings noch eine Ewigkeit, ob ich denn noch etwas dazu schreiben sollte oder nicht. Und wenn ja, was genau. Schon kam ich mir wieder total blöd vor.

Mein Handy piepte. Ella!

Das sieht ja schön aus – da möchte ich morgen unbedingt hin! Wie geht es dir?

Das machen wir! Mir geht's gut, ich liege faul auf meinem Bett herum. Und dir?

Wir sind auf dem Heimweg. Ich bin todmüde und vermutlich 5 Kilo schwerer als vorgestern. Du musst morgen unbedingt bei uns zu Abend essen, wir haben ganz viele Sachen dabei!

Voller Vorfreude sprang ich vom Bett und hüpfte im Zimmer auf und ab. Morgen! *Super, ich freue mich auf morgen!*

Ich mich auch.

Kommt gut nach Hause.

Es wird nicht mehr lange dauern, Morticia ist heute irgendwie genervt und miaut die ganze Zeit und meine Mutter kann das Geräusch nicht mehr ertragen, deswegen sind wir ziemlich flott unterwegs. :-)

Knuddel sie von mir.

Das mache ich.

Schlaf gut.

Du auch.

Morgen, morgen, morgen, morgen, jubelte ich fröhlich und ging ins Bad.

»Was ist denn mit dir los?«, fragte meine Mutter, als wir uns im Flur über den Weg liefen.

»Nichts Besonderes, ich bin einfach gut drauf! Ach und

morgen Abend bin ich zum Essen bei Ella, wir machen mit unserem Projekt weiter.«

Ich sprach ihren Namen so schrecklich gerne aus. Ella. Alles Ella.

Warum war morgen bloß noch so verdammt weit weg? Ungeduld und Vorfreude sprangen und rannten in mir umher, wie zwei kleine Kinder, die mit einer leeren Coladose spielten. Los, komm schon, nächster Tag, beeil dich!

8

Erst am nächsten Morgen fiel mir auf, dass Sophie gestern gar nicht auf meine Nachricht geantwortet hatte. Verschlafen schaute ich auf mein Handy, aber da war immer noch nichts.

Sollte ich Lea davon erzählen? Eigentlich hatten wir drei immer über alles geredet, doch ich beschloss trotzdem, es für mich zu behalten und Sophie später direkt zu fragen.

Lea hüpfte auf dem Gehweg auf und ab, als ich aus der Garage kam.

»Was machst du denn da?«, wollte ich wissen.

»Ich habe mir ein neues Fitnessprogramm zugelegt, das ist so klasse! Total coole Choreografien. Ich habe gestern fast den ganzen Tag geübt!«

»Du spinnst doch.«

»Sobald ich siebzehn bin, kann ich mit einem Trainerschein anfangen und bis dahin will ich so fit wie nur möglich sein.«

»Lea, man kann nicht fitter sein als du!«

Ich stieg auf mein Rad und wir fuhren los. An der nächsten Ecke machten wir halt, um auf Sophie zu warten. Ich war schrecklich ungeduldig, wollte schnell in die Schule und Ella sehen. Doch Sophie kam einfach nicht.

»Was machen wir denn, sollen wir bei ihr klingeln?«, überlegte Lea. »Wir sind eh schon spät dran.«

»Warte, ich versuche mal, sie anzurufen.« Ich ließ es ewig bei Sophie klingeln, doch sie ging nicht ran. Da wir jetzt wirklich schnell losmussten, um nicht zu spät zu kommen, radelten wir ohne Sophie weiter. Ich machte mir jetzt doch langsam Gedanken um sie, deswegen erzählte ich Lea unterwegs, was ich gestern beobachtet hatte.

»Das ist ja seltsam. Und du hast den Typen noch nie gesehen?«

»Nein, ganz sicher nicht.«

Nachdenklich kaute Lea auf einem Fingernagel herum, während ich mein Fahrrad abschloss.

»Wenn wir nichts von ihr hören, fahren wir auf dem Heimweg bei ihr vorbei«, beschloss sie.

»Ja, das sollten wir tun«, erwiderte ich, obwohl ich gleichzeitig mit schlechtem Gewissen dachte, dass das hoffentlich mein Treffen mit Ella nicht verzögern würde.

»Mit wem warst du denn eigentlich in der Eisdiele?«, wollte Lea noch wissen.

»Mit Marek.«

»Ach, echt?« Lea grinste.

»Nicht was du denkst!«

»Was denke ich denn?«

»Das Falsche!«

»Schade, ihr würdet gut zusammenpassen.«

»Nö, das ist was rein Platonisches.«

»Das kann ja noch werden, man weiß nie!«

Hastig eilten wir ins Klassenzimmer. Der Unterricht begann gerade. Ella lächelte mir zu und um mich herum schien es ein wenig heller zu werden.

In der Pause verschwand Lea mit ein paar anderen Leuten zum Sportplatz und ich ging mit Ella nach draußen. Wir setzten uns auf eine Bank und sie zeigte mir Fotos von ihrem Familientreffen. Zu jedem Gesicht erzählte sie mir eine lustige Geschichte.

»Du solltest Schriftstellerin werden«, stellte ich fest.

»Kann gut sein. Ich stelle es mir fantastisch vor, davon leben zu können, dass andere die Geschichten lesen, die ich mir ausdenke!«

»Ich habe leider kein besonderes Talent. Ich kann weder singen noch schreiben noch zeichnen.«

»Ich glaube, dass jeder irgendein Talent hat, man muss nur lernen, seine Flügel zu benutzen.«

»Wie meinst du das?«, fragte ich nach.

»Ach, das habe ich von meinem Vater. Er sagte immer zu mir, dass hinter den Schulterblättern die Engelsflügel versteckt wären und man sich nur ein bisschen anstrengen müsste, damit man fliegen kann. Für mich ist das Schreiben mein Fliegen.«

»Das klingt schön.«

Lea kam auf uns zugelaufen. »Hast du inzwischen etwas von Sophie gehört?«

»Nein, immer noch nicht.«

Sie zischte wieder davon und Ella wollte wissen, was los war. »Sollen wir unsere Verabredung lieber auf morgen verschieben?«, fragte sie, nachdem ich sie aufgeklärt hatte.

»Nein! Ich fahre nach der Schule schnell mit Lea zu Sophie, aber das dauert sicher nicht ewig. Ich hole dich so um vier ab, okay?«

»Okay, schön!«

Als der Unterricht vorbei war, sah ich auf mein Handy und da war endlich eine Nachricht von Sophie.

Sorry! Hab einfach megaschlecht geschlafen und konnte meine Mutter überreden, dass ich im Bett bleiben durfte! ;-)

Ich zeigte Lea die Nachricht.

Nachdenklich sah sie mich an. »Das ist schon irgendwie komisch. Sophie hat doch sonst nie Probleme damit, aus dem Bett zu kommen. Da stimmt doch was nicht!«

Sie hatte recht, Sophie war so lebenshungrig, dass sie wesentlich weniger Schlaf zu brauchen schien als wir beide, Schlaf war für sie irgendwie bloß Zeitverschwendung.

»Soll ich sie darauf ansprechen, dass ich sie gestern Abend gesehen habe?«, fragte ich.

»Keine Ahnung. Ich bin nicht sicher. Wir können ja mal abwarten, ob sie uns morgen was erzählt.«

Wir radelten nach Hause und als wir uns verabschiedet hatten und ich wenig später die Haustür aufsperrte, beschloss ich, Sophie anzurufen.

Ich musste es sehr lange läuten lassen, bis sie endlich dranging.

»Hi! Ich wollte nur mal hören, ob mit dir wirklich alles okay ist«, sagte ich.

»Aber klar!«, antwortete Sophie, doch ich meinte, einen seltsamen Unterton heraushören zu können. Ohne lange zu überlegen, sprach ich einfach weiter.

»Ich habe dich gestern Abend gesehen, wer war denn dieser Typ?«

Sophie schwieg einen Moment und ich hörte ihren Atem schneller gehen.

»Wo hast du mich gesehen?«

»Ich war mit Marek ein Eis essen und dort an der Ecke habe ich dich gesehen. Wer war das denn?«

»Du warst mit Marek Eis essen?«

»Sophie, jetzt lenk doch nicht ab«, sagte ich ärgerlich.

Wieder entstand eine Pause und ich konnte förmlich hören, wie Sophies Hirn ratternd nach einer Antwort suchte.

»Das war David, du kennst ihn nicht«, sagte Sophie dann endlich.

»Aha, David. Und worüber habt ihr gestritten? Du sahst so wahnsinnig wütend aus, als ihr auseinandergegangen seid.«

»Na, da war dein Treffen mit Marek ja nicht so spannend, wenn du dabei andere Leute so gut beobachten konntest!«

»Sophie, jetzt spinn doch nicht! Ich habe nicht irgendwelche Leute beobachtet, sondern meine beste Freundin!«

Ich war wütend und frustriert, denn ich hatte das Gefühl, dass plötzlich irgendwie alles in unserem Leben immer komplizierter wurde. Als Kind hatte ich gedacht, wenn man erst einmal erwachsen ist, dann ist alles ziemlich einfach und klar, doch nun schien es mir, als wäre eher das Gegenteil der Fall.

Sophie atmete laut aus, bevor sie weitersprach. »Ich habe David vor einigen Wochen kennengelernt. Er gefiel mir gleich, doch zuerst wollte er nichts von mir.«

Aha, dachte ich, das hat Sophie sicher gestunken, dass ein Typ nicht gleich so reagiert hat, wie sie das wollte.

»Wo hast du ihn den kennengelernt?«, erkundigte ich mich.

»Ach, wir standen im Supermarkt an der Kasse hintereinander, es dauerte ewig und irgendwann kamen wir ins Gespräch.«

»Und wie ging es dann weiter?«

Es war sehr seltsam, dass ich Sophie alles so aus der Nase ziehen musste, normalerweise erzählte sie sehr gerne von ihren Abenteuern.

»Zuerst gar nicht, doch dann trafen wir uns zufällig wieder, als ich irgendwann nachts auf dem Heimweg von einer Party war. Wir waren beide etwas angetrunken, redeten erst und haben ein bisschen geknutscht. Ich gab ihm meine Nummer, wir trafen uns ein paarmal und das war es eigentlich schon.«

»Sophie! Was heißt, das war es schon? Worüber habt ihr gestritten? Und sag mal, wie alt ist er eigentlich?«

Sophie schnaufte genervt, doch ich wusste, nun hatte ich sie so weit, dass sie mir nicht mehr ausweichen würde.

»Er ist fünfundzwanzig.«

»Fünfundzwanzig?«, rief ich aus. »Was willst du denn mit jemandem, der schon so alt ist?«

»Ach komm, die Jungs in unserem Alter sind doch alle Pfeifen. Ich kann dir sagen, mit jemandem, der schon älter ist, macht es viel mehr Spaß …!«

»Na, nach Spaß hat das aber nicht ausgesehen«, erwiderte ich.

Am anderen Ende der Leitung herrschte langes Schweigen.

»Sophie?«

»Ich stehe wirklich total auf ihn, aber irgendwie …«

Ich wartete und schwieg in der Hoffnung, ihren Gedankengang nicht zu unterbrechen. Endlich sprach sie weiter. »Als wir gestritten haben, ging es um den Altersunterschied zwischen uns. Ich hatte ihm gesagt, dass ich achtzehn bin, aber er hat irgendwie meinen Ausweis gesehen und ist ausgeflippt. Ich habe versucht, ihm zu erklären, dass das doch egal ist, wir haben Spaß miteinander, aber das wollte er nicht hören. Und ich will diesen Typen unbedingt haben.«

»Warum?«

»Ich weiß nicht.«

»Sophie, bist du etwa ausnahmsweise mal richtig verliebt?«

»Ach, Kim, verliebt. Wie ich dieses grässliche Wort hasse. Das klingt für mich so rosa, nach Barbiepuppenhaus und Miniatur-Teegeschirr.«

»Also, ja?«

»Keine Ahnung.«

»Sophie, es ist nicht schlimm, wenn man sich in jemanden verliebt, das ist ganz normal«, sagte ich lachend. Sie antwortete nicht und ich hörte erneut nur ihren Atem.

»Und wie seid ihr verblieben?«, fragte ich nach kurzem Warten.

»Er will mich nicht mehr sehen«, antwortete Sophie mit einer seltsam harten Stimme.

»Vielleicht ist es ja besser so?«, fragte ich vorsichtig.

»Ja, vielleicht.«

»Ach Süße, soll ich vorbeikommen und wir machen was?«, fragte ich und hoffte mit schlechtem Gewissen gleichzeitig, dass sie nicht Ja sagte.

»Nein, ich möchte allein sein. Ist das okay?«

»Klar ist das okay«, erwiderte ich und hoffte, dass meine Stimme nicht so erleichtert klang, wie ich mich fühlte.

»Dann sehen wir uns morgen früh«, sagte Sophie.

»Alles klar. Meld dich, wenn was ist!«

»Halt!«, rief Sophie plötzlich aus. »Jetzt kommt es mir erst: Hast du vorhin gesagt, dass du mit Marek im Café warst?«

»Ja, das habe ich.«

»Aha!«, rief Sophie aus. »Also wird das doch was mit euch?«

»Nein, da muss ich dich enttäuschen. Wir verstehen uns einfach gut, haben uns zufällig getroffen und sind ein Eis essen gegangen.«

»Das ist alles?«

»Sorry, aber das ist alles!«

»Ach, Kim«, seufzte sie.

Ich hatte keine Lust, dieses Thema weiter zu vertiefen. »So, dann mach dir mal noch einen faulen Nachmittag und wir sehen uns morgen!«

»Alles klar, bis morgen.«

Seufzend ließ ich mich rücklings auf mein Bett fallen. Ich hatte nicht das Gefühl, dass Sophie mir die Wahrheit gesagt hatte, aber ich würde sie schon noch herausfinden.

Ich sah auf die Uhr, es war halb drei. Noch eineinhalb Stunden!

Ella.

Ich schloss die Augen und erlaubte mir, mich an den Moment zurückzuerinnern, in dem sie mich auf die Wange geküsst hatte. Das hatte ich bisher versucht zu vermeiden, weil es mich auf eine nicht fassbare Art ängstigte. In meinem Bauch wurde es warm und mein ganzer Körper begann zu kribbeln.

Unruhig sprang ich auf, ich musste mich irgendwie beschäftigen. Also begann ich, mein chaotisches Zimmer aufzuräumen, doch schon nach wenigen Minuten merkte ich, dass ich es eher noch schlimmer machte.

Als es endlich Zeit war, schwang ich mich auf mein Fahrrad und fuhr los. Schon von Weitem konnte ich sehen, dass Ella am Tor auf mich wartete, und mein Herz machte zwei Extrahüpfer.

»Hallo, Kim«, rief Ella mir zu. »Lass uns gleich fahren, bevor Morticia dich entdeckt und nicht wieder gehen lässt.«

Ella schlüpfte durch das Gartentor und ich kam neben ihr zum Stehen. Sie beugte sich zu mir, legte den Arm um meine Schultern und wir küssten uns auf die Wangen.

Ich drückte Ella an mich und wäre am liebsten in diesem kleinen Augenblick hängen geblieben. Doch schon war er wieder vorüber.

Unterwegs sprachen wir nicht viel und als wir fast angekommen waren, musste ich an Marek denken. Wie es ihm heute wohl ging? Ich nahm mir vor, ihm später eine Nachricht zu schreiben.

Wir lehnten unsere Räder an einen Baum und gingen nah ans Wasser, genau zu der Stelle, an der ich mit Marek gesessen hatte.

»Wow, das ist wirklich ein schöner Ort!«, rief Ella begeistert. Sie holte ihre Polaroidkamera heraus und fing an zu knipsen. Ein paar Sekunden lang beobachtete ich sie dabei. Wenn sie sich konzentrierte, zog sie die Nase ein wenig nach oben, das sah sehr süß aus.

Ich holte mein Handy aus der Tasche und machte ebenfalls Fotos, bis ich das Gefühl hatte, jeden Zentimeter hier geknipst zu haben.

»Eigentlich ist unser Thema ja Wasser und Menschen«, sagte Ella, als sie sich mit einem dicken Stapel Bilder in der

Hand neben mich auf den Boden fallen ließ. »Jetzt haben wir haufenweise Bilder vom Wasser, aber das reicht noch nicht.«

»Zeigst du mir deine Bilder?«, fragte ich.

»Klar!«

Ich nahm den Stapel entgegen und sah mir Ellas Fotos an. Sie hatte völlig andere Bilder gemacht als ich. Bei mir sah man mehr das Ganze und Ella konzentrierte sich auf Details. Ein Blatt, das auf dem Wasser schwamm, ein paar feuchte Steine am Ufer, oder eine Schaumkrone.

»Ich habe eine Idee«, sagte ich. »Wir haben völlig verschiedene Bilder gemacht und daraus könnte man gut eine Art Collage basteln. Wenn wir ein paar von meinen in großem Format entwickeln lassen, können wir deine Details darauf platzieren, denn deine Fotos sind ja sozusagen Ausschnitte aus meinen.«

»Gute Idee! Und weißt du was, wir knipsen noch unsere Gesichter, oder anderen Körperteile, die müssen dann irgendwie dazu.«

»Ich finde, sie sollten leicht verschwommen sein, so, als hätten wir sie unter Wasser gemacht.«

Ella überlegte einen Moment. »Vielleicht sollten wir sie wirklich unter Wasser machen?«

»Wie stellst du dir das vor?«, wollte ich wissen.

»Hier geht es schlecht, aber wir könnten zu Hause ein paar Bilder machen, bei uns im Fischteich, oder zur Not in der Badewanne.«

»Ja, das könnten wir versuchen.«

»Gut, dann lass uns fahren«, beschloss Ella und stand auf.

Auf dem Heimweg besprachen wir noch, dass wir meine

Fotos gleich bei ihr auf den Computer laden könnten und gemeinsam aussuchen, welche wir entwickeln lassen würden. Das würde noch eine ganze Weile dauern und ich freute mich: Ein ganzer Abend mit Ella lag vor mir!

Als wir unsere Fahrräder durch das Gartentor schoben, kam Morticia um die Ecke geflitzt und rannte auf mich zu. Lachend nahm ich sie hoch und legte sie mir über die Schulter. Laut schnurrend beschmuste sie mein Gesicht und atmete heiße Luft in mein Ohr.

»Dieses verrückte Viech ist ja völlig in dich verknallt«, stellte Ella lachend fest. »Wenn ich dich nicht so gern mögen würde, wäre ich wirklich eifersüchtig.«

Glücklich drückte ich Morticia an mich. »Sie mag mich gern, hast du das gehört?«, flüsterte ich der Katze ins Ohr, während ich hinter Ella zum Fischteich ging.

Bienen summten, ein leiser Wind streichelte die Blätter der Bäume und die Farben schienen mir besonders strahlend zu sein. Ich blieb stehen und horchte in mich hinein. Jetzt gerade war ich sehr glücklich und gleichzeitig spürte ich, wie etwas in mir aufstieg, das dringend hinauswollte. Es blubberte und brodelte, wie eine geschüttelte Colaflasche, aber ich ließ nicht zu, dass der Deckel aufging.

Ella kniete vor dem kleinen Fischteich und streckte ihre Hand ins Wasser.

»Mach mal ein Foto, damit wir sehen, ob man erkennt, was das ist«, bat sie mich.

Vorsichtig nahm ich Morticia von meiner Schulter und setzte sie ab. Dann kniete ich mich neben Ella, nahm mein Handy und machte ein paar Fotos.

Wir sahen sie uns an und waren mit dem Ergebnis ganz zufrieden. Wir knipsten noch unsere Füße und stellten dabei fest, dass bei uns beiden der Zeh neben dem Großen etwas länger war und wir das von unseren Müttern geerbt hatten.

»Okay, lass uns reingehen und noch in der Badewanne etwas probieren. Wie lange kannst du die Luft anhalten?«, fragte Ella.

Nie, gar nie würde ich auch nur ein Kleidungsstück vor Ella ausziehen können, ohne vor Scham zu versinken.

»Ähm, ich kann ehrlich gesagt gar nicht lange die Luft anhalten«, erwiderte ich.

»Kein Problem, ich kann das ganz gut, dann fotografierst du mich!«

Ella marschierte voraus, Morticia und ich hinterher.

»Ist deine Mutter heute gar nicht da?«, fragte ich, als wir nach oben gingen.

»Nein, sie hat irgendeinen Geschäftstermin.«

»Wie geht es ihr denn im Moment?«, fragte ich.

»Ach, eigentlich ganz gut. Es geht zwar immer auf und ab, aber phasenweise sind die Stimmungsausschläge nicht ganz so hoch.«

Ich setzte mich auf einen der Stühle an Ellas kleinem Tisch und sah mir die Fotos auf meinem Handy an.

»Mach doch mal deinen Computer an, dann kann ich die Bilder schon mal hochladen und wir sehen, wie sie wirklich geworden sind«, schlug ich vor.

Ella stellte ihren Laptop auf den Tisch und ich holte mein Verbindungskabel aus der Tasche. Ich lud die Fotos hoch und wir sahen sie gemeinsam durch.

»Du hast ein gutes Auge«, stellte Ella fest.

»Das finde ich gar nicht.«

»Wieso?«

»Mir gefallen deine viel besser. Du siehst all diese schönen, kleinen Details, die ich gar nicht bemerkt habe.«

»Du siehst dafür die Summe der schönen Ausschnitte, das, was dadurch entsteht. Ein Sternenhimmel wäre nicht annähernd so beeindruckend, wenn man nur ein paar vereinzelte Sterne sehen könnte. Manchmal ist es das große Ganze, was dem Kleinen seine Schönheit verleiht. Das ist doch genauso wertvoll«, sagte Ella.

Ich sah auf den Bildschirm und zwang meine Augen dazu, auch dort zu verharren, denn aus irgendeinem Grund wollten, sie unbedingt in Ellas Augen blicken.

»Das hier, und das, die finde ich auch ganz nett«, meinte ich und zeigte auf den Bildschirm.

Wir suchten vier Bilder aus, die wir entwickeln lassen wollten und dann sahen wir noch gleich sämtliche Polaroids durch und trafen dort ebenfalls eine Auswahl.

»So, jetzt will ich aber noch ein paar Unterwasserfotos haben«, sagte Ella schließlich. »Komm, lass uns ins Bad gehen.«

Ella ließ Wasser in die Badewanne laufen und zog sich das T-Shirt über den Kopf. In einem rosafarbenen BH stand sie vor mir und ich wusste nicht, wo ich hinsehen sollte.

Sophie und Lea waren beide in einem wesentlich weniger prüden Haushalt aufgewachsen als ich und hatten ebenfalls keinerlei Probleme damit, sich vor anderen auszuziehen. Warum war das nur für mich so schrecklich unangenehm?

»Ich glaube, in der Wanne geht das nicht, wir versuchen es im Waschbecken«, stellte Ella fest.

»Vielleicht sieht es auch gut aus, wenn ich meinen Kopf einfach ins Wasser lege, als würde ich Rückenschwimmen?«

Ella ließ Wasser ins Waschbecken laufen und als es ziemlich voll war, holte sie einen Stuhl aus ihrem Zimmer. Sie setzte sich mit dem Rücken zum Waschbecken und senkte ihren Kopf hinein.

Rasch machte ich Fotos von ihr.

Als Ella sich wieder aufsetzte, floss Wasser in kleinen Bächen an ihr herunter. Ihre sonst so wilden Locken klebten seitlich am Kopf fest und so sah sie ganz anders aus, irgendwie jünger und verletzlicher.

»Und, hat es geklappt?«, fragte sie nach.

»Ich denke schon«, antwortete ich und reichte ihr ein Handtuch.

Ella rubbelte sich die Haare trocken und ich entdeckte ein Muttermal in der Form eines Halbmondes etwas unterhalb ihres Schlüsselbeins.

»Na dann lass sie uns gleich ansehen«, meinte sie und schnappte sich ihr T-Shirt, um es überzuziehen.

»Moment«, sagte ich und bevor ich nachdenken konnte, nahm ich das Handtuch und trocknete die Stelle um das Muttermal herum ab. Dabei berührte ich ganz leicht mit einem Finger Ellas warme Haut. Wieder ging eine Art Blitz durch meinen Körper und ich zuckte erschrocken zurück.

»Da war noch alles ganz nass«, murmelte ich verlegen.

»Danke«, erwiderte Ella und sah mich an.

Jemand drückte auf die Stopp-Taste und wieder blieb die Zeit stehen. Ich spürte, dass etwas Warmes, irgendwie Fließendes zwischen uns entstand, für das ich keinen Namen hatte.

Sekunden wurden zu Minuten, mir war schrecklich heiß und als ich spürte, wie mein Gesicht knallrot wurde, senkte ich den Kopf, drehte mich um und ging aus dem Badezimmer.

Ich meinte fast hören zu können, wie die Stopp-Taste sich wieder löste und die Zeit begann, in ihrer üblichen gleichgültigen Geschwindigkeit weiterzulaufen.

Ich verband das Handy erneut mit dem Laptop und lud die Fotos darauf. Ella kam ins Zimmer und setzte sich neben mich. Sie sagte nichts und ich hatte den Eindruck, als hätte ich mir den Moment vorhin im Badezimmer nur eingebildet.

»Schau mal, die sind wirklich gut geworden«, stellte Ella fest und ich versuchte, cool zu wirken, und nickte. »Jetzt müssen wir sie einfach mal entwickeln lassen und sehen, was wir daraus machen. Heute habe ich aber keine Lust mehr«, stellte sie fest, stand auf und ließ sich rücklings auf ihr Bett fallen. »Hast du noch was vor?«, wollte sie dann wissen.

»Nein, gar nichts.«

»Ach, das habe ich ja ganz vergessen, ist denn mit Sophie alles in Ordnung?«

»Ja, das ist es. Wobei ich den Eindruck habe, dass sie zum ersten Mal tatsächlich verknallt ist und das auch noch in jemanden, mit dem es nicht so funktioniert, wie sie das gewöhnt ist.«

Fragend sah Ella mich an und ich erzählte ihr ein bisschen über Sophie und das, was ich beobachtet hatte.

»Hm, das klingt schwierig«, meinte sie dann und setzte sich auf. »Ich glaube schon, dass in unserem Alter jemand, der um einiges älter ist, sehr spannend sein kann, aber ich denke auf der anderen Seite auch, dass es vielleicht noch schöner ist, mit jemandem, dem man sich sehr nahe fühlt, erste Erfahrungen zu machen.«

Ich spürte ihren Blick, aber schaffte es nicht, ihn zu erwidern. Das Thema war mir zu heikel und ich wusste nicht, was ich darauf antworten sollte. Stattdessen tippte ich ein bisschen auf dem Laptop herum, als würde ich Fotos sortieren.

»Hast du Hunger?«, fragte Ella nach einem kurzen Moment und ich war unendlich erleichtert, dass sie das Thema ruhen ließ.

»Ja, sehr.«

»Dann lass uns runtergehen.«

»Okay.«

»Na los, der Kühlschrank ist noch voller leckerer Reste!« Sie stand auf. Als ich hinter Ella die Treppe nach unten ging, kam mir ein Gedanke: Noch nie hatte ich mich in der Nähe eines anderen Menschen so wohlgefühlt. Mir fiel eine Redewendung ein, die ich schon in vielen Büchern gelesen hatte, aber bisher nie nachvollziehen konnte: Mit ihr zusammen zu sein, fühlte sich an, wie nach Hause kommen.

Nachdem wir aufgegessen hatten, räumten wir die Küche wieder auf und machten es uns auf dem Sofa bequem. Im Fernsehen kam ein lustiger Film, doch ich bekam nicht viel davon mit, da Ella ihre Beine angezogen hatte und ihr Fuß an meinem Oberschenkel lag.

Jedes Mal, wenn unsere Körper sich berührten, waren all meine Sinne nur noch auf diese eine Stelle fixiert. Ich meinte sogar, Ellas Herzschlag durch ihre Fußsohle hindurch spüren zu können, doch das war vermutlich Einbildung. Verstohlen sah ich immer wieder zu Ella hinüber, doch sie war völlig entspannt und amüsierte sich über den Film.

Wieder begannen die schweren Kugeln in mir zu rollen und mich erfasste eine unerträgliche Unruhe.

Auf dem Heimweg wehte ein kühler Wind und ich redete mir ein, dass ich davon Tränen in den Augen bekam. Ich war glücklich über die schöne Zeit, die ich mit Ella gehabt hatte, und ich war gleichzeitig total verwirrt und verunsichert über das, was da in mir vorging.

Zu Hause angekommen wollte ich mich an meinen Eltern vorbeischleichen, doch sie winkten mich ins Wohnzimmer. Wir sprachen ein paar Minuten über Dinge, die ich zehn Sekunden später schon wieder vergessen hatte. Ich fühlte mich, als wäre ich in einer Art Tunnel gefangen und könnte den Rest der Welt nur durch eine dünne Schicht Metall wahrnehmen.

Endlich konnte ich mich loseisen, ging nach oben und stellte mich lange unter die heiße Dusche. Danach fühlte ich mich wieder ein wenig klarer. Ich versuchte zu lesen, konnte mich aber nicht konzentrieren. Da fiel mir Marek wieder ein und ich schrieb ihm rasch eine Nachricht.

Hi Marek, wollte nur mal hören, wie es dir geht? Kim

Es dauerte keine Minute, da kam schon seine Antwort.

Hi, Kim, schön von dir zu hören! :-)) Es geht so, ich sitze in meinem Zimmer und sehe einen dämlichen Film, weil ich nicht schlafen kann. Und bei dir, alles klar?

Geht so. Kann auch nicht schlafen. Wie geht es deinem Bruder?

Dem geht es ganz gut, ich habe ihn heute zum ersten Mal besucht!

Echt? Und wie war es?

Ich bewunderte Mareks Bruder. Wie mutig, sich gegen seine Eltern zu stellen und einfach sein Ding zu machen. Ich wusste nicht, ob ich das könnte.

Es war schon komisch. Ich habe ihn mein ganzes Leben lang hier um mich gehabt und ihn jetzt in einer fremden Wohnung zu besuchen, war ganz schön strange.

Ja, das glaube ich. Ist er denn glücklich?

Sehr. Sein Freund ist aber auch wirklich ein cooler Typ.

Ella auch, schoss es mir durch den Kopf. Mein Handy piepste erneut.

Und warum kannst du nicht schlafen?

Ich hatte ein riesengroßes Bedürfnis danach, Marek zu erzählen, was mir den Schlaf raubte.

Ach, nichts Besonderes.

Hey, Kim, du kannst mit mir reden, das weißt du?

Danke, das ist nett von dir, aber ich glaube, ich hau mich jetzt doch aufs Ohr.

Wie du magst! Wann gehen wir denn zum Italiener?

Vielleicht am Freitag?

Okay! Ich freu mich. Schlaf gut.

Als ich schon fast weggedämmert war, schreckte ich auf einmal wieder hoch, denn mir war ein Gedanke gekommen, der mich, noch viel heftiger als das ein Eimer eiskaltes Wasser könnte, in einen sehr wachen Zustand zurückholte. War ich in Ella verliebt? War ich also auch lesbisch? Warum war mir das bisher noch nicht klar?

Nervös lief ich so lange in meinem Zimmer hin und her, dass es im Teppich eigentlich Spurrillen gebe müsste.

Ich zermarterte mir den Kopf, ob es denn schon einmal eine ähnliche Situation gegeben hatte, aber da fiel mir absolut nichts ein bis auf die Tatsache, dass das mit den Jungs bei mir bisher nicht geklappt hatte. Da war ich aber nun wirklich nicht die Einzige und deswegen war man ja nicht gleich lesbisch.

Der Gedanke, es doch zu sein, verursachte mir eine höllische Angst. Ich war nicht wie Ella, ich war nicht mutig und selbstbewusst.

Als ich meine Augen schloss, spürte ich gleich, dass ich diese Nacht wohl nicht schlafen würde. Ich nahm mir fest vor, Marek am Freitag von meinen Gedanken zu erzählen, denn ich hatte das Gefühl, wenn ich mit jemandem darüber reden könnte, dann am ehesten mit ihm.

Nervös sprang ich wieder aus dem Bett und schaute aus dem Fenster in die Dunkelheit. Am liebsten würde ich mich einfach davon verschlucken lassen, dachte ich mir. Nicht mehr denken, nicht mehr fühlen, nur in einem Zustand sein, der nicht beängstigend ist.

Doch ganz tief in mir drinnen spürte ich auch den Wunsch, irgendwann wirklich herauszufinden, wer ich war. Entschlossen straffte ich meine Schultern und blickte mir selbst im Fenster in die Augen.

»Sei nicht immer so ein Schisser«, schimpfte ich mit mir. »Vielleicht steckt ja viel mehr in dir, als du selber glaubst?«

9

»Guten Morgen, Prinzessin!«, flötete mein Vater am nächsten Tag, als ich verschlafen in die Küche kam. Das konnte nichts Gutes bedeuten. »Am Sonntag fahren wir deine Großmutter besuchen, ich hoffe, das hast du nicht vergessen?«, fragte er.

»Nö, habe ich nicht«, erwiderte ich kurz angebunden. Ich wollte jetzt nicht reden und hatte schlechte Laune, weil ich einfach fürchterlich verwirrende Gedanken in meinem Kopf hatte und es mir nicht gelang, sie zu vertreiben.

»Du bist in letzter Zeit so still, ist irgendetwas?«, wollte meine Mutter wissen.

»Nichts Besonderes«, antwortete ich und biss in mein Brot.

»Ich muss dann mal los«, stellte ich fest und stand auf.

»Wollen wir vielleicht am Freitag mal wieder einen gemeinsamen Filmabend machen?«, fragte meine Mutter.

»Freitag kann ich nicht.«

»Warum?«

»Ich bin verabredet.«

»Mit wem denn?«

»Mit Marek.«

»Marek?«, fragte meine Mutter nach und mein Vater ließ seine Zeitung sinken.

Die beiden sahen mich an, als hätte ich ihnen gerade eine besonders aufregende Neuigkeit mitgeteilt. Ungerührt aß ich mein Brot auf und ignorierte die beiden.

»Kim, dürften wir wissen, wer Marek ist? Den Namen habe ich noch nie gehört.«

»Er ist in der Parallelklasse und wir kennen uns von einer Party.«

»Aha«, erwiderte sie und ich konnte in ihren Mundwinkeln ein winziges Schmunzeln entdecken.

»Wir sind einfach nur Freunde und gehen eine Pizza essen«, setzte ich noch nach. Ich stand auf, räumte mein Geschirr weg und schlüpfte durch die Tür, ohne dass einer von beiden noch etwas gesagt hatte.

Lea fuhr vor unserer Garageneinfahrt Schlangenlinien mit ihrem Fahrrad.

»Guten Morgen!«, rief sie mir fröhlich zu. Oft fragte ich mich ja, ob Leas konstant gute Laune damit zusammenhing, dass sie sich so unglaublich viel bewegte. Bei ihr gab es nie auch nur die Spur von schlechter Stimmung, sie war einfach immer ausgeglichen und fröhlich.

»Guten Morgen«, brummte ich und holte mein Fahrrad aus der Garage.

»Ist dir schon eine Laus über die Leber gelaufen?«

»Nur meine Eltern.«

»Ach so!«

Wir fuhren bis zur nächsten Ecke und warteten dort auf Sophie.

»Hast du gestern noch mal mit ihr gesprochen?«, fragte Lea.

»Ja, habe ich. Kannst du schweigen?«

»Logo!«

»Ich glaube, sie ist zum ersten Mal richtig verknallt und der Typ will nicht.«

Erstaunt sah Lea mich an. »Im Ernst?«

Aus dem Augenwinkel konnte ich sehen, dass Sophie auf uns zukam, deswegen berichtete ich Lea noch hastig, was ich darüber wusste. Danach setzten wir beide ein möglichst neutrales Gesicht auf, um Sophie zu begrüßen. Sie sah todmüde und ein wenig verquollen aus, doch das ignorierten wir geflissentlich.

Wir umarmten Sophie und ich musste dabei plötzlich an Ella denken. Mich packte eine solche Sehnsucht nach ihr, dass ein Zittern durch meinen Körper lief.

»Was ist denn mit dir los?«, fragte Sophie.

»Nichts, mir ist nur ein bisschen kalt«, sagte ich und schwang mich auf mein Rad. Ella, Ella, Ella, dachte ich bei jeder Umdrehung meiner Reifen und hätte ihren Namen am liebsten in den Fahrtwind gesungen, der mir warm um die Nase wehte. Gleichzeitig verpasste ich mir innerlich eine Ohrfeige. Ich führte mich ganz schön dämlich auf.

Vor der Schule sperrten wir unsere Fahrräder ab und gingen hinein. Plötzlich stand Ella vor mir. Lea und Sophie sprachen gerade über irgendeine Hausaufgabe und ich starrte Ella an. Ich spürte, wie die Hitze in mein Gesicht schoss und wäre am liebsten im Erdboden versunken. Aber natürlich tat sich kein Loch für mich auf und ich stand einfach nur mit meinem knallroten Gesicht vor Ella.

»Hallo, Kim«, sagte sie mit weicher Stimme und ich bekam eine Gänsehaut.

»Hallo«, krächzte ich mühsam. Wie sehr ich mich in diesem Moment für all meine Unsicherheiten hasste.

Während ich noch überlegte, wie ich mich völlig cool verhalten könnte, war der Moment schon vorbei und es klingelte, sodass wir in die Klasse eilen mussten.

Mit brennendem Gesicht ließ ich mich auf meinen Platz fallen und traute mich nicht, nach links Richtung Ella zu sehen. Was dachte sie jetzt wohl von mir? Warum, verdammt noch mal, konnte ich nicht einfach ein wenig selbstsicherer sein?

Wir schrieben einen Test und ich war ausnahmsweise froh über eine Ablenkung dieser Art.

In der ersten Pause verschwand ich eilig aufs Klo.

Warum musste das Leben nur so furchtbar kompliziert sein? Warum konnte man nicht, wie früher, als kleines Kind, einfach sagen, was man dachte und fühlte? Mit jedem Tag, den ich älter wurde, schien mir das alles immer schwieriger zu werden. Ich vermisste die unbeschwerte Zeit, die ich früher mit Lea und Sophie gehabt hatte. Doch mir war leider auch klar, dass sie niemals wieder zurückkommen würde. Irgendwie stimmte es nicht, dass man je älter man wurde, desto freier wurde, wie wir früher gedacht hatten. Ich fühlte mich eher, als wäre ich immer mehr und mehr gefangen.

Irgendwann raffte ich mich auf und verließ das Klo wieder. Unschlüssig stand ich auf dem Flur herum und war froh, dass die Pause gleich zu Ende sein würde.

Ich schlich durch Gänge, in denen ich sonst nie unterwegs war, Hauptsache, ich begegnete niemandem. Auf den letzten Drücker ging ich ins Klassenzimmer zurück und setzte mich auf meinen Platz. Ich konnte spüren, dass Ella mich ansah, doch ich traute mich nicht, ihren Blick zu erwidern, sicher würde ich sonst sofort wieder knallrot anlaufen.

Plötzlich hörte ich Sophie neben mir laut schnaufen. Sie tippte hektisch unter der Bank auf ihrem Handy herum.

»Tu das weg«, zischte ich ihr zu, denn unser Klassenlehrer verstand überhaupt keinen Spaß, wenn es um Handybenutzung während des Unterrichts ging.

Genervt ließ Sophie es in ihre Tasche fallen, stützte den Kopf in die Hand und starrte vor sich auf die Bank. Es schien sie wirklich ganz schön erwischt zu haben!

In der nächsten Pause gingen wir drei zusammen in den Hof und Lea redete nicht lange um den heißem Brei herum.

»Mensch Sophie, was ist denn los mit dir?«

»Ach, dieser Arsch!«

»Welcher Arsch?«, fragte Lea nach, die ja so tun musste, als wüsste sie von nichts.

»Jetzt tu doch nicht so«, empörte Sophie sich. »Ich habe euch heute Morgen tuscheln sehen, als ihr auf mich gewartet habt, Kim hat dir sicher alles erzählt!«

Peinlich berührt nickte ich. »Wir haben doch sonst auch keine Geheimnisse voreinander«, platzte ich heraus.

»Es ist ja kein Geheimnis. Der Idiot will mich nicht mehr sehen und fertig. Das war es schon«, stieß Sophie wütend hervor.

»Aber ganz ehrlich«, sagte Lea. »Wie ist es denn, mit jemandem, der so viel älter ist? Also ich meine, worüber habt ihr denn geredet und so?«

»Ach, keine Ahnung«, antwortete Sophie. »Über alles

Mögliche. Und ehrlich gesagt, haben wir nicht wirklich besonders viel geredet.«

»Wie oft habt ihr euch denn getroffen?«, wollte ich wissen.

»Fünf Mal.«

Ich sah Sophie an und versuchte, sie mir mit einem älteren Mann vorzustellen. Eigentlich passte das zu ihr. Sie war so ungeduldig und lebenshungrig, das konnte niemand in unserem Alter wirklich befriedigen.

»Wie wäre es, wenn wir jetzt mal über Kim und Marek sprechen würden? Ich sehe ihn gerade da hinten herumlaufen«, sagte Sophie und streckte mir die Zunge heraus.

»Leute, einmal noch zum Mitschreiben: Marek ist total nett und ich mag ihn als FREUND, das ist alles«, verkündete ich.

Ich drehte mich um und winkte ihm zu.

Kurz darauf war die Pause vorbei und wir gingen für die letzten zwei Stunden zurück ins Klassenzimmer.

Die Nähe zu Ella war schrecklich für mich. Ich spürte sie neben mir und fühlte mich gleichzeitig unendlich weit von ihr weg. Eigentlich wollte ich nur ihre Freundin sein und nun fühlte es sich an, als würde ich mich gerade in einem riesigen Wollknäuel verheddern.

Als die letzte Glocke ertönte, stürmten alle hinaus und Ella hielt mich zurück.

»Hast du einen Moment für mich?«, fragte sie.

»Klar«, erwiderte ich nervös.

»Lass uns rausgehen«, schlug sie vor und ich nickte.

Lea und Sophie waren schon vorgegangen und als ich sie draußen bei den Fahrrädern sah, rief ich ihnen zu, dass ich noch etwas zu besprechen hätte und sie ohne mich fahren sollten.

Ella und ich gingen ein paar Schritte zu einer Bank und setzten uns. Ihre grünen Augen trafen mich mitten ins Herz, als ich sie ansah, um herauszufinden, worüber sie mit mir sprechen wollte.

»Du warst heute Morgen irgendwie komisch und ich wollte nur wissen, ob alles in Ordnung ist«, sagte sie.

»Ja, klar, alles bestens. Morgens bin ich einfach manchmal ein bisschen verwirrt«, versuchte ich meinen peinlichen Auftritt zu erklären.

»Du weißt, dass du mit mir über alles reden kannst?«, fragte Ella und ich wäre ihr am liebsten um den Hals gefallen.

»Ja, das weiß ich. Danke.«

Danke? Oje, ich klang ja wie eine Hundertjährige! Krampfhaft suchte ich nach irgendetwas, das ich sagen konnte, doch natürlich fiel mir einfach nichts ein.

»Hast du die Fotos schon zum Entwickeln gebracht?«, fragte Ella schließlich.

»Noch nicht, das mache ich aber heute und dann kann ich die Bilder übermorgen abholen.«

»Okay, super. Ich bin gespannt!«

»Wann sollen wir dann damit weitermachen?«, fragte ich.

»Ich habe das ganze Wochenende Zeit«, antwortete Ella.

Und ich würde am liebsten das ganze Wochenende mit dir verbringen, dachte ich und erschrak gleichzeitig darüber.

»Möchtest du dann wieder zu mir kommen?«, fragte Ella.

»Ja, gerne. Sonst wäre Morticia vermutlich sehr beleidigt«, antwortete ich. »Aber wenn du auch mal zu mir kommen willst, können wir das gerne machen.«

»Weißt du was, ich hole dich einfach ab, dann haben wir beides!«

Alles an und in mir klirrte vor Freude.

»Super! Dann muss ich vorher nur noch aufräumen«, stellte ich zerknirscht fest.

»Aber nein, lass es. Ich will sehen, wie es bei dir aussieht, wenn du unvorbereitet bist«, erwiderte Ella und grinste mich an. »Nächste Woche Mittwoch müssen wir unser Projekt schon abgeben, es wäre also gut, wenn wir das am Wochenende fertig machen.«

Diese Tatsache machte mich traurig. Würden wir uns weiterhin sehen, wenn das Projekt vorbei war?

Wir machten uns auf den Heimweg. Ich hätte Ella gern zum Abschied umarmt, doch sie winkte mir nur zu und ging weiter.

Zu Hause erwartete mich meine Mutter mit dem Mittagessen, was mir gar nicht so recht war. Ich hätte viel lieber meine Ruhe gehabt. Doch erstaunlicherweise redete sie nicht viel, da sie gerade in einer komplizierten Arbeit steckte und mit den Gedanken woanders war. Glück gehabt.

Nach dem Essen war ich so müde, dass ich mich kurz aufs Bett legte. Zwei Stunden später wachte ich mit dickem Kopf wieder auf und versuchte einen Traum abzuschütteln, in dem Ella und Marek Hand in Hand von mir weggegangen waren.

Plötzlich hatte ich genug von all den Grübeleien und beschloss, mich für den Rest des Tages abzulenken und vertiefte mich in ein neues Buch. Morgen war ich mit Lea und

Sophie verabredet, am Freitag mit Marek und dann kam endlich das Wochenende mit Ella. Eigentlich ging es mir doch gut und ich hatte so viele Sachen in den nächsten Tagen vor mir, auf die ich mich freuen konnte!

10

Am nächsten Nachmittag war ich mit Lea und Sophie unterwegs beim Shoppen. Wir marschierten von Laden zu Laden, probierten unzählige Sachen an, kauften aber nur wenig, da wir alle nicht besonders flüssig waren. Es war wie gewohnt ein wenig frustrierend, denn Sophie konnte anziehen, was sie wollte und sah dabei einfach umwerfend aus, wogegen Lea bei Hosen immer Probleme mit ihren muskulösen Beinen hatte und ich mich schwertat, überhaupt etwas zu finden, das mir an mir gefiel.

Schließlich landeten wir erschöpft in unserem Lieblingscafé und gönnten uns drei riesige Eisbecher.

Ich genoss den Nachmittag zu dritt, wir lachten und lästerten und hatten einfach unbeschwert Spaß, ohne dass unangenehme Themen auf den Tisch kamen. Zwar schwebte über Sophies Kopf eine dunkle Wolke, die wir nicht übersehen konnten, und über meinem musste es ein ganzes Gewitter sein, aber als hätten wir einen Pakt geschlossen, sprachen wir an diesem Tag nur über unverfängliche Themen.

Als wir nach Hause fuhren, fühlte ich mich zufrieden und leicht. Natürlich war nach einem Nachmittag nicht plötzlich alles in Ordnung, aber manchmal war es vielleicht auch einfach richtig, das Unangenehme zur Seite zu schieben. Ich hatte sowieso das Gefühl, dass ich mich durch zu viel Nachdenken selbst noch mehr verwirrte.

Erneut nahm ich mir vor, morgen mit Marek zu sprechen und ihm von der Sache mit Ella zu erzählen. So wie er mit mir gesprochen hatte, als wir uns am Fluss getroffen hatten, sprach er sicher auch nicht mit seinen Freunden. Vielleicht war es ja gar nicht so ungewöhnlich, dass man über schwierige Themen eher mit Menschen sprechen konnte, die einen nicht so gut kannten.

Endlich war es Freitag und ich machte mich auf den Weg zu meinem Treffen mit Marek. Sowohl Lea und Sophie, als auch meine Eltern hatten dieses Treffen mit vielen eindeutigen Kommentaren gewürzt, doch ich hatte mir die Stimmung davon nicht verderben lassen. Sollten sie doch alle denken, was sie wollten!

Marek erwartete mich schon vor der Tür, als ich um die Ecke geradelt kam.

»Hallo!«, rief ich ihm zu. »Du hast dich ja schick gemacht!«

Er trug ein weißes Hemd mit einem dunklen Blazer darüber und sah richtig gut darin aus.

»Danke, nur für dich!«

»Na klar!«

Wir drückten uns kurz zur Begrüßung und gingen dann hinein. Es war ein kleines Lokal mit nur acht rechteckigen Tischen, die alle mit rot-weißen Tischdecken und strahlend weißen Servietten gedeckt waren. In der Mitte des runden Raumes befand sich ein riesiger Holzofen und davor war eine Theke, hinter der der Pizzabäcker gekonnt den hauchdünnen Teig durch die Luft wirbelte.

»Angeber«, meinte Marek mit einem Blick auf ihn.

»Ach, komm«, sagte ich. »Das muss er machen, damit die Gäste sich fühlen, als wären sie in Italien im Urlaub«, fand ich.

»Ja, das kann schon sein. Ich mag solche Typen einfach nicht«, stellte Marek fest.

Wir suchten uns einen Tisch im hinteren Teil des Lokals aus und als wir saßen, brachte ein alter Kellner die Karten.

Wir studierten diese und beschlossen, zwei verschiedene Pizzen zu bestellen und sie uns dann zu teilen.

»Jetzt erzähl mal«, bat ich Marek, als unsere Getränke gebracht wurden und wir angestoßen hatten. »Wie geht es deinem Bruder und wie ist die Stimmung bei dir daheim?«

»Ach, es geht so. Ich glaube, meine Mutter leidet schon sehr, aber sie zeigt es nicht, weil das meinen Vater wütend macht.«

»Leidet sie darunter, dass er weg ist, oder dass er schwul ist?«

»Ich denke mal, dass er weg ist.«

»Na wenigstens haben sie ja noch dich. Das wäre sonst bestimmt noch viel schlimmer.«

»Ja, das kann gut sein.«

»Und dein Vater?«

Nachdenklich kaute Marek auf seiner Unterlippe herum und seine dunklen Augen schienen fast schwarz zu werden. »Er spricht kein Wort über ihn und wenn Mama oder ich ihn erwähnen, dann geht er weg.«

»Das ist traurig.«

»Ja, ich finde es auch ganz schrecklich. Als wäre es ihm am liebsten, wenn es Marko nie gegeben hätte. Dabei war er früher immer sein Liebling. Marko war viel härter im Nehmen als ich, machte nie Theater, wenn er sich mal verletzt hatte, mochte gerne angeln und sah sich jedes Fußballspiel mit Papa an. Mich hat das alles nie interessiert. Eigentlich ist Marko viel mehr ein Kerl, als ich.«

»Ach, Quatsch«, widersprach ich. »Man ist doch nicht nur ein Kerl, wenn man gern Fußball schaut oder angelt.«

»Für die meisten schon.«

»Dann kennst du die falschen Leute.«

»Ach komm«, erwiderte er. »Sophie zum Beispiel würde sich doch nie mit so einem Weichei wie mir abgeben.«

Ich dachte einen Moment nach, aber ja, da hatte er vermutlich recht. Um ihn abzulenken, zeigte ich auf den Pizzabäcker, der gerade zwei Pizzen in den Ofen schob.

»Schau mal, ich glaube, das sind unsere!«

Der Pizzabäcker zwinkerte mir zu und ließ dabei seine Armmuskeln spielen.

»Oh Mann, ist der Typ ätzend«, stöhnte Marek.

Ich musste kichern, denn ich fand ihn auch ziemlich schrecklich. »Ja, das ist er, aber ich finde es lustig. Sicher verbringt er viel Zeit damit, vor dem Spiegel zu stehen und diese Posen zu üben!«

»Oh ja, das macht er bestimmt. Vielleicht hat er auch für jeden Wochentag eine eigene!«

»Oder eine für Blondinen, eine für Dunkelhaarige und eine ganz besondere für Rothaarige!«

Wir kicherten vor uns hin und beobachteten ihn aus den Augenwinkeln. Schließlich holte er die Pizzen aus dem Ofen, teilte sie mit einem scharfen Roller in Stücke und stellte sie auf die Theke, von wo der alte Kellner sie schlurfenden Schrittes zu uns brachte.

»Mh, sieht das lecker aus!«, stellte ich fest.

»Lass es dir schmecken!«

Hungrig machten wir uns über das Essen her und als wir jeder die Hälfte gefuttert hatten, tauschten wir die Teller.

»Was ist eigentlich mit dir?«, fragte Marek mit vollem Mund.

»Was meinst du?«

»Na, du hast doch auch ein Geheimnis, das du mit dir herumträgst.«

»Wie kommst du darauf?«

»Ich weiß es einfach.«

Schnell steckte ich mir ein Stück Pizza in den Mund, um ein wenig Zeit zu gewinnen.

»Ich muss erst mal aufessen«, sagte ich und wurde rot.

Marek schwieg, doch es war kein unangenehmes Schweigen, eher so, als würde er mir damit einfach Zeit zum Durchatmen geben.

Als wir fertig waren, bestellten wir noch zwei Getränke und lehnten uns mit vollen Bäuchen zurück.

»Möchtest du noch einen Nachtisch?«, fragte Marek.

»Jetzt kann ich gerade nicht, aber frag mich in einer halben Stunde noch mal.« Ich grinste.

»Das mache ich! Erzählst du mir jetzt dein Geheimnis? Es ist bei mir sicher.«

Ich hatte ein dermaßen starkes Verlangen danach, endlich mit jemandem reden zu können, dass ich das Gefühl hatte, ich bräuchte nur meine Lippen zu öffnen und alles würde aus mir herausplatzen. Doch ich hatte Angst. Furchtbare Angst. Denn ich wusste gar nicht so richtig, was da aus mir herausplatzen würde, wenn ich es zuließ. Als würde in mir etwas sitzen, das ich nicht kontrollieren konnte.

All die vielen Worte saßen in meinem Brustkorb und verursachten mir Atemnot.

»Hey«, sagte Marek leise. »Du kannst mir wirklich vertrauen, Kim, aber wenn du nicht reden willst, dann ist das auch okay. Ich habe einfach nur das Gefühl, dass du etwas loswerden musst.«

Ich sah in seine dunklen Augen und kramte in meinem Inneren nach einer kleinen Portion Mut.

»Ich glaube, ich habe mich in Ella verliebt. Alles deutet irgendwie darauf hin. Ich bin also womöglich lesbisch. Obwohl ich mir vorher noch nie Gedanken darüber gemacht habe, mit einem Mädchen zusammen sein zu wollen«, platzte es schließlich aus mir heraus. Ich spürte, dass ich rot wurde, und mein Gesicht begann, heiß zu pochen. Nervös nahm ich mein Glas zwischen beide Hände und malte mit den Fingern kleine Muster in das Kondenswasser. Marek sagte nichts und schließlich traute ich mich, ihn anzusehen. Seine dunklen Augen waren unverwandt auf mich gerichtet, ohne dass sein Blick sich verändert hätte. Er wartete einfach, dass ich weitersprach. Ein Haufen Worte hingen über dem Tisch in der Luft und ich hätte sie am liebsten vor uns ausgebreitet, um zu sehen, was da alles geschrieben stand.

»Wie fühlt es sich denn an, wenn du mit ihr zusammen bist?«, fragte Marek nach einer Weile.

»Wenn ich sie sehe, dann ist da etwas komisch in meinem Bauch, als würden sich ein paar Kugeln bewegen.«

»Und sonst?«

Ich dachte nicht lange nach und spuckte es einfach aus.

»Als wir letztens zusammen einen Film angesehen haben und nebeneinander auf der Couch saßen, habe ich jedes Mal eine Gänsehaut bekommen, wenn mich nur ihr Fuß berührt hat.«

Plötzlich war mir vor Aufregung total übel.

»Hast du so was denn schon mal bei jemand anderem empfunden?«, wollte Marek wissen.

»Nein.«

»Zumindest hat es ja eindeutig einen großen Vorteil, dass es Ella ist!«

»Was meinst du?«

»Bei ihr ist doch bekannt, dass sie auf Mädchen steht!«, erklärte er verschmitzt.

»Stimmt, aber sicher nicht auf mich.«

»Wie kommst du darauf?«

»Wieso sollte jemand wie Ella denn auf mich stehen?«

Marek nahm meine Hand und wartete, bis ich ihm in die Augen sah.

»Hey, du bist ein ganz tolles Mädchen, kapiert? Vielleicht steht sie auf dich und zeigt es nicht, weil sie denkt, du wärst hetero. Und soweit ich das verstehe, hast du ja selbst gerade keine Ahnung, ob du auf sie stehst, oder?«

Mein Kopf schwirrte, als hätte ich Alkohol getrunken. Jetzt, wo ich meine verwirrenden Gedanken ausgesprochen hatte, waren sie zwar irgendwie realer, aber ich fühlte mich keineswegs so, als wüsste ich jetzt mehr. Tausend Worte, Ideen und Möglichkeiten flogen um meinen Kopf herum wie ein Schwarm Mücken.

»Wie finde ich denn bloß heraus, was mit mir los ist?«, fragte ich schließlich verzweifelt.

»Ich denke, das wirst du ganz bald sehr deutlich merken. Wenn du nur in Ellas Nähe solche Gefühle hast, ist doch eigentlich alles klar, oder?«

»Ich habe einfach immer gedacht, dass bisher nicht der Richtige dabei war.«

»Was wäre denn so schlimm daran, wenn du Mädchen lieber magst?«

»Ich habe Angst davor, anders zu sein«, sagte ich und merkte im selben Moment, dass ich doch genau das bei meinen Eltern so verurteilte.

»Jetzt siehst du aus, als hättest du eine lebendige Maus verschluckt«, bemerkte Marek lachend.

»Das ist irgendwie alles schrecklich kompliziert«, stellte ich schnaufend fest.

»Tja, hättest du eben einfach mich genommen«, grinste Marek frech und ich schlug ihm zur Strafe auf den Arm.

»Nachtisch?«, fragte er.

»Tiramisu bitte.«

Marek winkte dem Kellner und wir bestellten uns zwei Nachspeisen und noch etwas zu trinken. Nachdenklich kringelte ich kurze Zeit später Muster in die Schokoverzierung meiner Nachspeise. »Und du hast noch nicht mit jemand anderem darüber gesprochen?«, weckte Marek mich aus meinen Gedanken. »Auch nicht mit Lea und Sophie?«

»Nein. Erstens dachte ich ja auch wirklich bloß, dass der Richtige schon irgendwann kommen wird. Und zweitens wüsste ich gar nicht, wie ich ihnen das sagen sollte.«

Ich blickte auf meinen Teller und sah, wie eine Träne auf das Tiramisu tropfte. Marek hielt mir ein Taschentuch hin.

»Hey, bevor du das jetzt vollheulst, esse ich es lieber auf!«

»Vergiss es!«, erwiderte ich schniefend und putzte mir die Nase.

»Jetzt im Ernst, Kim, das ist doch wirklich kein Grund

für ein Drama. Denkst du denn ernsthaft, dass deine Freundinnen Probleme damit hätten, wenn du lesbisch wärst?«

»Ich weiß es nicht. Aber wenn du dich dein ganzes Leben lang kennst und immer alles miteinander teilst, die selben Sachen magst und irgendwie alles parallel verläuft und dann kommt plötzlich der Moment, in dem du das Gefühl hast, dass du anders bist, das ist total seltsam. Und beängstigend.«

»Ja, das glaube ich.«

Eigentlich konnte ich mir nicht vorstellen, dass es irgendetwas gäbe, was dazu führen würde, dass meine besten Freundinnen mich nicht mehr mögen würden, aber wie sollte ich das sicher wissen? Bisher war in unserem Leben noch nichts Größeres passiert, dass uns wirklich auf die Probe gestellt hätte. Und die Vorstellung, ohne die beiden zu sein, war einfach ganz grauenhaft, denn ich hatte sonst keine guten Freunde.

»Was geht dir durch den Kopf?«, wollte Marek wissen.

»In unserem Alter gibt es doch eigentlich nichts Schlimmeres, als anders zu sein, irgendwie aus dem Rahmen zu fallen. Deshalb bewundere ich Ella so. Ihr ist es völlig egal, was andere denken, ob ihre Klamotten modern sind und solche Sachen. Aber bei dem, was sie hinter sich hat, ist das sicher auch kein Wunder.«

»Was hat sie denn hinter sich?«

»Ihr Vater ist gestorben.«

»Oh scheiße, das ist krass.«

»Ja, das ist es. Und dann musste sie sich eine Weile auch noch viel um ihre Mutter kümmern, weil es der danach nicht gut ging. Sie hat gekocht, gewaschen, alles eben.«

»Wow«, sagte Marek und zog die Augenbrauen hoch. »Da werde ich gleich noch wütender auf meine Eltern.«

»Wieso?«

»Na, wir sind alle gesund, verstehen uns eigentlich gut und nur weil mein Bruder schwul ist, geht unsere Familie kaputt. Wegen einer Sache, die als ganz normal angesehen werden sollte.«

»Ich glaube, bei mir wäre das nicht viel anders«, stellte ich fest und erzählte Marek von dem Abend, als mein Vater sich über den schwulen Serienhelden aufgeregt hatte.

»Aber vielleicht würde er das anders sehen, wenn es um seine eigene Tochter geht?«, überlegte Marek.

»Nein, das glaube ich nicht. Wenn mein Vater zu einem bestimmten Thema seine Meinung hat, dann ändert er sie schon aus Prinzip nicht.«

»Ja, das kommt mir bekannt vor.«

Ich löffelte die letzten Bissen von meinem Nachspeisenteller und schob ihn dann von mir weg. »Uff, bin ich jetzt satt.«

Marek räusperte sich.

»Weißt du, Kim, ursprünglich hatte ich mir das mit uns beiden mal ganz anders vorgestellt …«

Ich schnaufte laut.

»Jetzt lass mich doch ausreden!«, schimpfte er. »Ich habe noch nie ein Mädchen getroffen, mit dem ich befreundet sein konnte, doch mit dir ist es echt schön und ich freue mich, dass wir jetzt hier sitzen. Dein Geheimnis ist bei mir sicher, darauf kannst du dich verlassen. Das wollte ich dir nur noch mal sagen.«

»Danke«, schniefte ich, schon wieder den Tränen nahe. Es war so eine Erleichterung, mit jemandem reden zu können, dass ich mich fühlte, als hätte mir jemand einen Sack Ziegelsteine von den Schultern genommen.

»Ich kenne Lea und Sophie nicht gut genug, um beurteilen zu können, wie sie reagieren würden, aber nach dem, was du mir über Ella erzählt hast, bin ich mir ziemlich sicher, dass du keine Angst haben musst, ihr die Wahrheit zu sagen.«

Ich überlegte einen Moment. »Da könntest du recht haben, aber was, wenn sie mir dann sagt, dass sie sich nicht für mich interessiert? Dann stehe ich doch total blöd da! Ich weiß nicht mal sicher, was mit mir los ist und das wäre ja dann wohl noch das absolute Highlight!«

Marek dachte einen Moment nach. »Tja, irgendwann wirst du das riskieren müssen. Du kannst dabei ja nur gewinnen. Wenn sie deine Gefühle erwidert, ist vielleicht alles perfekt und wenn nicht, werdet ihr sicher trotzdem weiter Freunde sein können. Schau uns doch an! Und ganz ehrlich, Kim, wenn du mich fragst, dann bist du über beide Ohren in Ella verliebt und traust dich bloß nicht, dir das selbst einzugestehen.«

Er hatte ja recht, das wurde mir in dem Moment wirklich völlig klar – wie konnte ich nur so lange so blind gewesen sein?

»Kim, du bist doch kein Feigling! Schnapp dir Ella und finde es heraus«, versuchte Marek, mich zu motivieren.

»Vielleicht täuschst du dich da.«

Eigentlich wusste ich gar nicht, wie mutig ich war, denn ich war noch nie in einer Situation gewesen, in der ich meinen Mut wirklich hätte beweisen müssen. Bis jetzt war mein Leben mehr oder weniger wie ein langer, ruhiger Fluss verlaufen, der bisher durch kein Unwetter dazu gezwungen wurde, über die Ufer zu treten.

»Lässt du mich an deinen Gedanken teilhaben?«, fragte Marek vorsichtig.

Ich sagte ihm, was mir gerade durch den Kopf gegangen war.

»Womöglich wirst du erstaunt sein, wie viel Mut in dir steckt. Ich glaube, manchmal muss man einfach für sein Glück kämpfen und es gibt nichts Schlimmeres, als später zu sagen, ach, hätte ich damals doch …«

»Ja, da hast du vermutlich recht.«

Der Kellner kam und räumte unseren Tisch ab. Ich sah auf die Uhr, es war schon fast zehn! Ich hatte eigentlich das Gefühl, dass wir erst eine Stunde dort saßen.

»Möchtet du noch irgendetwas?«, fragte Marek.

»Nein, danke. Ich bin wirklich pappsatt.«

Marek winkte den Kellner heran und bat um die Rechnung.

»Danke«, sagte ich.

»Freu dich nicht zu früh, noch habe ich nicht bezahlt!«, erwiderte er und grinste dabei frech. Wieder fiel mir auf, wie unglaublich gut er aussah und wenn ich ihn nur auf eine andere Art mögen würde, dann wäre Marek ein echter Glücksgriff.

»Wieso hast du eigentlich keine Freundin?«, platzte ich heraus.

»Wie meinst du das denn jetzt?«

»Ach, ich weiß nicht. Du siehst gut aus und bist so anders als die anderen Jungs in deinem Alter. Eigentlich müssten die Mädels bei dir doch Schlange stehen!«

Der Kellner kam und Marek bezahlte die Rechnung.

»Tja, tun sie leider nicht. Aber danke für das Kompliment!«

Wir verließen das Lokal und sperrten unsere Fahrräder auf.

»Ich wünsche mir ein Mädchen, mit dem ich mich so wohlfühle, wie mit dir«, stellte Marek fest.

»Ich auch«, platzte es aus mir heraus.

Erstaunt sah er mich an und dann mussten wir beide so lachen, dass wir Bauchweh bekamen.

11

Samstagmorgen erwachte ich mit einem mulmigen Gefühl im Bauch von dem Traum, in dem ich noch festhing. Ich war mit Ella in einem Wald spazieren gegangen und wollte unbedingt mit ihr reden, ihr nahe sein. Doch jedes Mal, wenn ich das versuchte, verschwand sie hinter einem Baum. Verzweifelt rannte ich hin und her, war schon völlig verschwitzt und außer Atem, doch ich bekam sie einfach nicht zu fassen, schaffte es noch nicht mal in ihre Nähe. Ich rief nach ihr, bat sie, doch endlich stehen zu bleiben, aber sie lachte nur und verschwand wieder. Irgendwann ließ ich mich einfach erschöpft auf den Boden fallen. Mir war eiskalt und ich zitterte am ganzen Körper, Nebel zog auf und bald konnte ich kaum noch den nächsten Baum vor mir erkennen. Doch es war mir egal. Ich hatte für nichts mehr Kraft. Plötzlich tauchte Ellas Gesicht im Nebel auf und sie rief mir etwas zu, aber ich konnte sie nicht verstehen, der Dunst verschluckte selbst die Töne. Mühsam zog ich mich an dem Baumstamm hoch, wankte ihr entgegen und versuchte zu hören, was sie rief. »Hättest du nur«, meinte ich zu verstehen, doch als ich ihr schon ganz nahe war, verschwand sie im Nebel.

Gerade als ich mich wieder auf den kalten Boden fallen

lassen wollte, wachte ich auf. Obwohl ich in dem Traum so gefroren hatte, war ich völlig verschwitzt. Hättest du nur, dachte ich, vielleicht hat sie auch »hättest du nicht« gerufen?

In meinem Kopf drehte sich alles. Rasch stand ich auf und versuchte, diesen Traum abzuschütteln.

Doch das war gar nicht so einfach. Die ganze Zeit hörte ich in meinem Kopf: »Hättest du nur.«

Ich stellte mich ans Fenster und blickte in den Garten hinaus. Wäre es doch nur möglich, eine Portion Mut zu frühstücken!

Mein Handy piepte, eine Nachricht von Marek.

Guten Morgen! Ich drücke dir die Daumen, dass es heute ein tolles Treffen mit Ella wird!!! :-)))

Guten Morgen! Danke noch mal für das tolle Essen und den schönen Abend! Ich melde mich später …

Noch drei Stunden, dann würde Ella kommen. Ich setzte mich still hin, blickte mich in meinem Zimmer um und versuchte, es mit ihren Augen zu sehen. Mir fiel auf, dass ein seltsames Durcheinander herrschte. Es war aber nicht die Unordnung und das viele Zeug, das dafür sorgte, sondern eher die unfertigen Dinge, die überall herumlagen. Ich hatte irgendwann angefangen, mir eine Fotowand zu basteln, doch sie nie richtig schön gemacht. Dann wollte ich neben dem Fenster ein Brett haben, auf das ich frische Blumen, oder einfach etwas Schönes, Farbiges stellen konnte, aber darauf lag jetzt ein Paar alte Turnschuhe. Wenn ich mein Zimmer mit Abstand betrachtete, sah es nach jemandem aus, der enthusiastisch Neues begann, aber dann schnell die Lust daran verlor. Ich räumte ein wenig auf, doch nicht so viel, dass es zu ordentlich war.

Dann stellte ich mich lange unter die Dusche und versuchte, den Rest des Traumes, der noch an mir hing wie ein klebriges Spinnennetz, abzuwaschen.

Noch zwei Stunden, bis Ella kommen würde.

Immer und immer wieder horchte ich in mich hinein. Da tanzten eine ganze Menge Schmetterlinge in meinem Bauch, so heftig, als würden sie sich unbändig darüber freuen, dass ich sie endlich herausgelassen hatte.

Und doch dachte ich auch immer wieder: Was würden Lea und Sophie bloß dazu sagen? An meine Eltern mochte ich bei diesem Thema überhaupt nicht denken.

So viele sinnlose Sachen lernt man in der Schule, aber niemand bringt einem bei, wie man sich selbst erkennen und verstehen kann.

Vorsichtig lauschte ich nach unten, um herauszufinden, ob meine Eltern noch beim Frühstück saßen. Ich hörte nichts, war aber sicher, dass sie auf mich lauerten, um mich über den vergangenen Abend auszufragen. Ich erwischte mich bei dem Gedanken, dass es so unendlich leicht wäre, einfach sagen zu können, ja, ich habe jetzt einen Freund, und fertig. Marek wäre so perfekt.

»Guten Morgen, Kim«, flötete meine Mutter, als ich gerade die Küche betrat. Verflixt.

»Guten Morgen.«

»Möchtest du Rührei?«

»Nein, danke.«

Ich setzte mich auf meinen Platz und schenkte mir ein Glas Orangensaft ein. Die Blicke meiner Mutter durchbohrten mich spürbar, doch wenn sie etwas wissen wollte, würde sie mich schon fragen müssen.

Sie stand auf, goss sich noch einen Kaffee ein und setzte sich wieder zu mir.

»Na, wie war dein Abend gestern?«, fragte sie und ich konnte hören, wie sie versuchte, möglichst neutral zu klingen.

»Sehr schön.«

»War das Essen gut?«

»Sehr lecker.«

»Habt ihr euch gut verstanden?«

»Klar.«

Wenn mich dieses Thema nicht so unglaublich nerven würde, dann hätte ich richtig Spaß an dieser Unterhaltung gehabt.

»Schön, das freut mich.«

Ich belegte mir ein Brötchen und wartete, sicher würden gleich noch mehr Fragen kommen. Doch erstaunlicherweise kam nichts mehr.

Ich riskierte einen Blick zu meiner Mutter. Entspannt blätterte sie in einer Zeitschrift und beachtete mich nicht weiter. Hatte sie sich vorgenommen, mich nicht mehr zu bedrängen? Das konnte ich mir kaum vorstellen. Doch ich hatte keine Lust, weiter darüber nachzudenken, sondern genoss einfach, dass sie mich in Ruhe ließ.

Ich aß noch ein zweites Brötchen, trank meinen Saft aus und räumte dann meine Sachen in die Spüle. Eine Stunde noch, bis Ella kommen würde.

»Gleich kommt Ella und holt mich ab, wir machen dieses Wochenende unser Projekt fertig. Ich weiß noch nicht, wann ich wieder zurück bin.«

»Okay, alles klar.«

Ich ging wieder noch oben in mein Zimmer und fragte mich, ob über Nacht jemand meine Mutter ausgetauscht hatte. Das war ja schon unheimlich.

Auf meinem Handy erwartete mich eine Nachricht von Marek.

Ja, melde dich unbedingt später, ich bin sehr neugierig!!!

Ich musste grinsen, aber an seiner Stelle wäre ich vermutlich genauso gespannt.

Du bist neugierig wie ein Mädchen. ;-))

Wirst du mit ihr reden?, wollte er wissen.

Ich hob den Kopf und sah mich selbst im Spiegel an. Würde ich dafür den Mut aufbringen?

Ich weiß nicht. Was soll ich denn sagen? Hey, ich finde dich gut und ich bin übrigens auch lesbisch?

Lieber nicht, das klingt ein wenig strange. Aber Kim, ich bin sicher, wenn ihr dasselbe empfindet, dann wirst du das sehr bald merken. Sei einfach locker und versuche herauszufinden, was da Sache ist – das kriegst du hin!

Ach, ich weiß nicht, schrieb ich leicht frustriert zurück. Dann fiel mir noch etwas ein, was ich unbedingt wissen wollte. *Sag mal, wo hat dein Bruder seinen Freund eigentlich kennengelernt und war zwischen den beiden von Anfang an alles klar?*

Ja, zwischen den beiden war wohl vom ersten Moment an alles klar. Aber das ist sicher nicht immer so. Es gibt da ein paar Lokale, in die nur schwule Jungs gehen. Ich war mal mit ihm dort. Hihi, wenn das mein Vater wüsste, würde er ausflippen!!!

Und wie war es da?, wollte ich wissen.

Ach, wie überall sonst auch, nur ohne Frauen eben. Ich hatte einfach die ganze Zeit Schiss, dass jemand entdecken würde, wie jung ich bin und wir dann Ärger kriegen.

Oh ja, das hätte sicher eine Menge Ärger gegeben!

Noch eine halbe Stunde, bis Ella kommen würde. In

meinem Bauch explodierte schon wieder ein Sack mit Schmetterlingen.

Ich bin total nervös, schrieb ich und kaute dabei auf meinem Daumen herum.

Hey, entspann dich. Du musst ja heute nichts sagen. Genieß einfach die Zeit mit ihr und vielleicht ergibt sich irgendwann von selbst etwas!

Ja, mal sehen. Bis später dann!

Unruhig lief ich in meinem Zimmer auf und ab. Gleich würde es klingeln. Ich überlegte, ob ich unten, oder in meinem Zimmer warten sollte. Und kam mir dabei schon wieder total bescheuert vor, das war doch nun wirklich völlig egal!

Ich ging noch einmal ins Bad und kontrollierte mein Aussehen, spritzte mir ein bisschen Parfum hinter die Ohren und in dem Moment klingelte es.

Ich erstarrte, fühlte mich plötzlich unfähig, auch nur einen einzigen Schritt zu machen.

»Kim!«, rief meine Mutter von unten.

Ich wollte antworten, doch es kam nur ein Krächzen aus meiner Kehle. Am liebsten hätte ich mich selbst geohrfeigt. Was war denn nur los mit mir? Verschwand mit jedem neuen Tag auch noch der letzte Rest meines Miniatur-Selbstbewusstseins?

Meine Mutter rief erneut nach mir. Also straffte ich meine Schultern, atmete zweimal tief ein und aus und ging zur Treppe.

»Ja, ich bin hier!«

»Geh einfach noch oben, Ella, Madame bemüht sich offensichtlich nicht zu uns herunter«, sagte meine Mutter schnippisch.

Ellas breit grinsendes Gesicht erschien auf der Treppe.

»Hallo!«, rief sie mir zu.

»Hallo, Ella«, antwortete ich und war froh, dass meine Stimme wieder halbwegs normal klang.

Wir gingen in mein Zimmer und ich schloss die Tür. Dann drehte ich mich zu Ella, machte einen Schritt auf sie zu und nahm sie in den Arm. Ich drückte sie fest an mich, so fest, dass ich meinte, ihr Herz schlagen zu spüren, doch vermutlich waren das nur die harten, aufgeregten Schläge meines eigenen. Ella legte ihre Arme um meinen Rücken und so standen wir einen Moment. Ich sog Ellas Duft ein, spürte ihren Körper und hörte ihren Atem an meinem Ohr.

Das war wunderschön. Und einfach zu viel. Mein ganzer Körper begann zu kribbeln und in mir wuchs ein Gefühl, das so mächtig war, dass es mir Angst machte.

Rasch drückte ich Ella einen Kuss auf die Wange und löste mich dann aus der Umarmung. Ich hatte Angst, dass das, was da sonst in mir weiterwachsen würde, uns beide überrollen könnte.

Unsicher blickte ich auf und begegnete ihrem warmen Blick. Meeresgrün, Sonnenbaumgrün, Wohlfühlgrün. Still sah Ella mich an und wieder blieb die Zeit stehen. Wie funktionierte das wohl? Wieso konnte man manchmal spüren, dass die Welt aufhörte sich zu drehen, bis man sich traute, den nächsten Atemzug zu machen? Ich hörte meine Eltern nach oben kommen und miteinander sprechen, mein Herz klopfte so schnell, dass mir davon ein bisschen schlecht wurde, und langsam konnte ich das Schweigen zwischen uns nicht mehr aushalten.

Ich hatte das Gefühl, etwas sagen zu müssen und räusperte mich. »So, das hier ist also mein Reich.«

»Es passt zu dir«, stellte Ella fest und ließ sich auf mein

Bett fallen. »Puh, ich bin müde. Meine Mutter und ich haben die halbe Nacht Filme angesehen. Sie hatte mal wieder einen Abend, an dem sie sich davor gefürchtet hat, alleine ins Bett zu gehen.«

»Was habt ihr euch angesehen?«, fragte ich und setzte mich neben Ella aufs Bett. Einerseits war ich froh, dass der Moment vorbei war, und auf der anderen Seite enttäuscht, dass Ella so wirkte, als hätte sie gar nichts gemerkt.

»Zwei Herr-der-Ringe-Teile.«

»Oh, das ist lang!«

»Allerdings.« Müde rieb sie sich über die Augen. »Und du, hattest du gestern einen schönen Abend mit Marek?«

»Ja, das hatten wir. Er ist ein wirklich besonderer Typ. Du würdest ihn mögen. Irgendwie seid ihr euch ein bisschen ähnlich.«

»Inwiefern?«

Ich überlegte einen Moment.

»Ich kann das schwer beschreiben. Aber ihr habt beide etwas, das so anders ist. Manchmal fühle ich mich dagegen so klein und unreif, als wären wir nicht im gleichen Alter.«

»Du bist nicht unreifer, als irgendjemand anders. Du bist einfach du, hast andere Sachen erlebt, andere Gedanken im Kopf und nichts macht dich besser oder schlechter. Man kann sich nicht aussuchen, was einem zustößt, nur wer man sein will.«

Ich blickte auf meine Hände und kämpfte mit all den Worten, die sich in mir ansammelten, um endlich hinauszugelangen. Doch ich erlaubte es ihnen nicht, ich war einfach noch nicht so weit.

»Kim, möchtet ihr etwas zu Mittag essen?«, fragte meine Mutter durch die geschlossene Tür und ausnahmsweise war ich ihr dankbar für diese Unterbrechung.

Fragend sah ich Ella an.

»Wegen mir nicht«, sagte sie. »Ich habe gerade erst gefrühstückt.«

»Nein, danke«, rief ich also zurück. Die Schritte meiner Mutter entfernten sich und ich stand schnell auf und ging zum Schreibtisch. »Schau mal, hier sind die Abzüge meiner Fotos!«

Ich nahm die vier großen Drucke und legte sie auf den Boden.

Auf einem sah man den kleinen See mit den Bäumen am gegenüberliegenden Ufer, auf dem zweiten denselben See, allerdings nur einen kleinen Ausschnitt auf der rechten Seite. Auf der linken Seite kniete Ella am Ufer und machte gerade ein Foto. Ein Strahl Sonnenlicht fiel direkt vor ihre Füße, als würde er ihr etwas zeigen wollen.

»Das ist ja toll«, sagte Ella.

»Ja, ich finde es auch super. Da können wir in jedem Fall das Bild mit der Kröte dazu kleben!«

Auf dem dritten Bild sah man Ellas leicht verschwommenes Gesicht im Waschbecken und auf dem vierten einen großen Baum, dessen Äste über die kleinen Wasserfalltreppen hingen. Inzwischen liebte ich diesen Platz noch mehr als früher, denn ich verband ihn nun sowohl mit Marek als auch mit Ella.

»Die sind wirklich super geworden«, stellte Ella fest.

Die Bilder waren so groß wie Poster und ich rollte sie wieder zusammen und steckte sie in die Verpackung.

»So, was wollen wir nun machen?«, fragte ich. »Gleich an die Arbeit, oder erst etwas anderes?«

»Ich glaube, ich könnte vorher einen großen Eisbecher vertragen«, schlug Ella vor.

»Gute Idee. Eis geht immer!«

Ich steckte die Rolle mit den Postern und meinen Geldbeutel in den Rucksack und wir machten uns auf den Weg. Zuerst radelten wir zur Eisdiele, dann bummelten wir noch ein bisschen durch den Ort, studierten das neue Kinoprogramm und landeten schließlich bei Ella zu Hause.

Morticia flitzte um die Ecke und ich nahm sie gleich auf den Arm. Wir gingen hinein und schlichen dann leise die Treppe hinauf, denn Ellas Mutter lag schlafend auf dem Sofa.

Mehrfach versuchte ich, die Katze zumindest auf meinen Schoß zu setzen, doch sie krallte sich in meiner Schulter fest.

»Tja, jetzt wirst du erst mal eine Weile so sitzen und das kleine Mistviech streicheln müssen«, stellte Ella trocken fest.

Sie schnappte sich die Poster, packte sie aus und legte sie nebeneinander auf den Boden. Dann holte Ella die Polaroidaufnahmen, für die wir uns entschieden hatten, dazu.

Sie verteilte die Bilder auf den Postern, schob sie hin und her und letztendlich wurden wir uns einig. Dann mussten wir nur noch überlegen, wie man sie am besten befestigen könnte. Ich fand, einfach aufkleben wäre irgendwie zu wenig.

Ich beobachtete Ella, wie sie da so konzentriert auf dem Boden saß und ihre Fotos hin und her schob. Immer wieder schaute ihre Zungenspitze heraus und wenn sie nachdachte, strich sie mit ihrem Zeigefinger über ihre Nase. Das sah sehr süß aus. Alle möglichen Gefühle rangen in mir miteinander und ich hatte komplett den Überblick verloren.

Morticia schnurrte mir ins Ohr und ich kraulte sie fester.

»Wie wäre es, wenn wir sie auf die Poster nähen würden?«, fragte Ella.

»Wie soll das gehen?«

»Am coolsten fände ich ja, wenn wir sie mit langen Gräsern befestigen würden, aber ich fürchte, das wird nicht halten.«

»Vielleicht könnten wir es mit grüner Wolle versuchen?«, überlegte ich.

»Oh ja, gute Idee! Warte kurz, ich sehe mal nach, ob wir so etwas hier haben.«

Kurz darauf kam sie wieder, mit einem kleinen Knäuel hellgrüner Wolle. Sie schnitt ein paar Stücke ab und legte sie auf die kleinen Fotos. Ich beobachtete ihre Hände, während sie arbeitete. Ihre Finger waren lang und schlank, die Nägel ziemlich kurz geschnitten und sie trug keinen Schmuck. Ich würde ihr gerne einen Ring schenken, dachte ich. Das würde sich vielleicht so anfühlen, als wäre ein Teil von mir dann immer bei ihr. Von dem Gedanken wurde es warm in meinem Bauch.

»Okay, so fände ich es gut, was meinst du?«, fragte Ella und holte mich aus meiner Träumerei.

»Ja, perfekt.«

»Gut, dann fangen wir mal mit dem Nähen an.«

Mühsam löste ich Morticia von meiner Schulter und setzte mich neben Ella auf den Boden, sofort kuschelte die Katze sich auf meinen Schoß.

»Also das ist echt unglaublich. Vielleicht solltest du später was mit Tieren arbeiten«, stellte Ella fest.

»Ja, das könnte mir Spaß machen. Vorletzten Sommer habe ich ein bisschen im Tierheim mitgeholfen, das war zwar einerseits traurig, all die vielen Tiere, die kein Zuhause haben, aber die Arbeit hat mir sehr gut gefallen.«

»Es ist bestimmt schlimm, sie dort alle in Käfigen sitzen zu sehen, oder?«

Ich nickte. »Ja, das ist wirklich schrecklich. Deswegen konnte ich mich dieses Jahr auch nicht überwinden, wieder hinzugehen.«

Ella mühte sich mit einer dünnen Stricknadel und grüner Wolle herum, doch es wollte nicht so recht funktionieren.

»So hält das nicht«, murrte sie.

»Wenn wir einfach kleine Löcher in die Bilder machen und die Fäden dann durchziehen?«, schlug ich vor.

Wir versuchten es und hatten recht schnell den Bogen raus. Still arbeiteten wir jeder an einem Poster und stellten das dritte dann gemeinsam fertig. Zufrieden lehnten wir uns zurück und betrachteten unser Werk.

»Ich finde es toll!«, sagte Ella.

»Ich auch.«

»Bin gespannt, was das für eine Note gibt!«

Ella sprang auf. »Ich hole uns was zu trinken, hast du auch Hunger?«

»Nein, gar nicht.«

»Okay, bin gleich zurück!«

Sobald Ella aus dem Zimmer war, schnappte ich mir Morticia. »Was soll ich bloß machen?«, flüsterte ich verzweifelt in ihr dichtes Fell. Sie sah mich mit großen Augen an und ich musste lachen. »Du hast es gut, musst dir über solche Sachen keine Gedanken machen!«

Schon hörte ich Ella wieder die Treppe nach oben kommen. Sie hatte ein Tablett mit zwei großen Gläsern, Mineralwasser und eine Flasche Saft dabei. Sie setzte sich neben mich und ich sah sie schüchtern an. Sollte ich es jetzt wagen?

»Hier, nimm dir!«, sagte Ella auffordernd.

»Danke.« Ich mixte mir eine Schorle und kramte krampfhaft nach den richtigen Worten in mir herum.

»Alles okay?«, fragte Ella.

Plötzlich fing ich an zu zittern. Da war so ein Gefühlsstau in mir, der sich mit aller Macht seinen Weg nach außen bahnen wollte, dass ich das Gefühl hatte, überzulaufen. Mir war gleichzeitig heiß und kalt, mein Herz schlug so heftig, dass es mir vermutlich gleich die Rippen brechen würde, und mein Mund war schrecklich trocken, die Zunge klebte förmlich am Gaumen fest.

»Kim?«

Panisch versuchte ich, wenigstens in meinem Kopf Worte zu finden, die ich jetzt sagen könnte, doch es gelang mir nicht. Schon spürte ich die heiße Röte aufziehen. Oh nein, nicht jetzt!

Ich wusste mir nicht anders zu helfen, als einen Hustenanfall vorzutäuschen. Vorwurfsvoll sprang Morticia von meinem Schoß und setzte sich einen Meter vor mir auf den Boden.

Ella hielt mir ein Glas hin. »Hier, trink was.«

Ich hustete und röchelte heftig, damit mein knallrotes Gesicht sich dadurch erklären lassen würde. Verdammt noch mal, was war ich bloß für ein Feigling! Ich nahm das Glas und trank einen Schluck, dabei fiel mein Blick auf Morticia, die immer noch regungslos vor mir saß. Sie sah mich an, als wollte sie sagen: Mensch, jetzt reiß dich doch zusammen!

»Geht's wieder?«, wollte Ella wissen.

»Ja, danke.«

Ich spürte, dass Ella mich forschend anschaute, und auch Morticia starrte noch in mein Gesicht. Ach, verdammt, dachte ich mir, jetzt sag doch einfach irgendetwas, versuch es wenigstens! Nun trau dich doch! Mühsam rief ich mir Mareks Worte ins Gedächtnis, dass ich nichts zu verlieren hätte und so weiter. Ich schluckte, atmete tief ein, straffte meinen Rücken und setzte schließlich an: »Ella, ich muss …«

Genau in dem Moment ertönte von unten ein riesiges Gepolter und ein Schrei. Wir sprangen auf und liefen hinunter. Die ganze Küche sah aus wie ein Schlachtfeld, überall waren Spritzer, an den Wänden, auf dem Boden, sogar an der Decke.

»Was ist passiert?«, fragte Ella.

»So ein Mist«, schimpfte ihre Mutter. »Mir ist der ganze Topf aus der Hand gerutscht.«

»Was war denn da drin?«, wollte ich wissen.

»Maronencremesuppe.«

»Oh, nein. Meine Lieblingssuppe!«, rief Ella aus.

»Ja, die kannst du jetzt von den Fliesen lecken«, sagte ihre Mutter grinsend.

»Haha.«

»Könnt ihr mir schnell helfen, die Sauerei wieder in den Griff zu bekommen?«

»Klar«, sagte ich.

Also begannen wir, die Küche wieder in ihren ursprünglichen Zustand zu versetzen. Ich war wütend, erleichtert und traurig, weil mein klitzekleiner Mutmoment so urplötzlich unterbrochen worden war.

»Vielen Dank, ihr beiden!«, sagte Ellas Mutter, als wir fertig waren und die Küche in ihrem alten Glanz erstrahlte. »Ich lade euch zur Belohnung zum Essen ein, wenn ihr mögt und es euch nicht zu früh dafür ist. Ich habe nämlich schon einen Bärenhunger.«

»Das wollen wir dir gerne erlauben«, erwiderte Ella.

»Chinesisch, oder italienisch?«

Ella sah mich an. »Was magst du lieber?«

»Mir ganz egal.«

Ich wollte am liebsten schreien: Nein, ich möchte nicht essen gehen, ich will meinen Satz zu Ende sprechen! Aber das ging natürlich nicht.

»Gut, dann chinesisch, wenn es keine Einwände gibt«, beschloss Ella.

»Alles klar, dann macht euch bereit«, rief Ellas Mutter freudig.

Ich war so unendlich frustriert, dass ich am liebsten einfach nach Hause gegangen wäre, um mich im Bett zu verkriechen und erst in ein paar Jahren wieder herauszukommen. Wir machten uns auf den Weg. Ich setzte mich im Auto nach hinten, sodass ich während der Fahrt auf Ellas Nacken starrte. Wie gerne ich jetzt einfach meine Hand ausstrecken und sie berühren würde. Das Verlangen danach war so groß, dass es mich richtig erschreckte. Das Restaurant war nett, das Essen ganz lecker und ich versuchte, so gut ich konnte, möglichst neutral zu wirken. Doch später, als wir wieder bei Ella zu Hause waren und ich mich auf den Heimweg machen wollte, hielt Ella mich am Arm fest.

»Kim, was ist los mit dir?«

»Nichts.«

Dieser wunderschöne Blick. Ich wollte so gerne hineinsinken, doch ich brachte den Mut nicht noch einmal auf. Vielleicht war es auch Schicksal, dass ihre Mutter in genau dem Moment, als ich ihr die Wahrheit sagen wollte, gerufen hatte, und es war besser so.

»Ich glaube dir nicht«, stellte Ella fest. »Und was wolltest du eigentlich gerade sagen, als meiner Mutter der Topf aus der Hand gefallen ist?«

»Ach, das war nicht wichtig. Ich bin einfach nur müde. Wirklich«, sagte ich und nahm sie in den Arm, um ihrem Blick zu entfliehen. Noch einmal atmete ich ihren Duft ein und hielt sie ganz fest. Ihre Hände streichelten über meinen Rücken und mir traten Tränen in die Augen, weil ich mich so unglaublich wohlfühlte und es einfach nicht aussprechen konnte.

»Ich gehe dann jetzt mal«, presste ich heraus und machte mich los.

»Okay, komm gut heim.« Ella sah traurig aus und ich hatte ein schlechtes Gewissen. Doch in mir herrschte so ein Chaos, ich wollte einfach nur weg und allein sein.

Also drehte ich mich um, schnappte mir mein Fahrrad und fuhr los. Es war noch nicht spät, deswegen musste ich nicht direkt nach Hause fahren. Ich überlegte einen Moment und fuhr dann zu dem schönen Baum am Wasserfall. Normalerweise kam ich nicht im Dunkeln hierher, da fürchtete ich mich, aber heute war es mir egal. Ich ließ mein Fahrrad fallen und setzte mich an den Baum. Das laute Rauschen des Wassers übertönte den Lärm in meinem Inneren. Immer wieder und wieder erinnerte ich mich an den

Moment zurück, in dem ich gerade offen sprechen wollte. Immerhin, dachte ich irgendwann, das war schon mehr, als ich bisher geschafft hatte.

Aber würde ich den Mut dafür noch ein zweites Mal aufbringen?

12

Die nächsten Tage verbrachte ich wie im Nebel. Ich war so frustriert über meinen gescheiterten Versuch, Ella meine Gefühle zu gestehen, dass meine Stimmung ins Bodenlose stürzte. Ich ging in die Schule, traf mich mit Lea und Sophie und funktionierte irgendwie automatisch, ohne wirklich dabei zu sein.

Wir hatten am Mittwoch im Kunstunterricht unser Projekt abgegeben und eine hervorragende Note dafür bekommen. Unsere Kunstlehrerin lobte die Arbeit sehr und sie wurde in einem der Schaukästen in der Aula ausgehängt. Ich freute mich schrecklich, als sie sagte, dass Ella und ich wohl ein richtig tolles Team wären, doch ich fand keinen Weg, diese Freude auszudrücken und mit Ella zu teilen.

Ella hatte in der Schule zweimal versucht, mit mir zu reden, doch ich war ihr ausgewichen. Es fühlte sich fast an, als wäre es für mich jetzt noch schwieriger als vorher.

Auch Marek hatte mich angesprochen und mir einige Nachrichten geschickt. Er versuchte, mich aufzumuntern und mir Mut zu machen, es noch einmal zu versuchen. Doch auch ihm war ich ausgewichen. Ich hatte das Gefühl, dass ich jetzt zuallererst mit mir selbst wieder ins Reine kommen musste.

Am Ende der Woche zwangen Lea und Sophie mich, mit auf eine Party zu gehen. Ich hatte keine Ahnung, was sie dachten, warum ich so durch den Wind war, aber sie bohrten nicht wirklich viel nach und darüber war ich sehr dankbar. Am Freitagabend zog ich mir lustlos irgendetwas an, traf mich mit den beiden und wir machten uns auf den Weg. Es war die Geburtstagsfeier eines Freundes von Lea, jemand aus ihrem Sportverein. Die beiden witzelten darüber, dass da sicher nur durchtrainierte Jungs anwesend wären. Sophie war noch nicht ganz wieder die Alte, das mit dem älteren Typen war offensichtlich noch nicht so wirklich durch, doch ich hatte mich in den letzten Tagen einfach um gar nichts gekümmert.

Auf der Party war es schon laut und voll. Die Sonne strahlte vom Himmel, sodass das Ganze im Garten stattfand. An langen Biertischen saß unsere halbe Schule.

»Wie schrecklich«, stellte Sophie fest. »Das ist ja wie ein Schulfest!«

»Ach, komm«, schimpfte Lea. »Du wirst dich auch hier amüsieren können!«

Mürrisch ließ Sophie sich auf einen freien Platz fallen. Das war gar nicht nach ihrem Geschmack. Alle zu jung und sie kannte jedes Gesicht. Ihr Blick brachte sogar mich zum Lachen.

»Aha. Jetzt kannst du plötzlich lachen?«, stellte sie fest.

»Ja«, erwiderte ich. »Du solltest mal dein Gesicht sehen!«

»Dann kannst du mir ja jetzt auch mal verraten, was die ganze Woche mit dir los war«, sagte Sophie.

»Ich werde ja wohl mal schlechte Laune haben dürfen. «

»Hormonelle Störung, sagt meine Mutter immer«, meinte sie.

»Gut möglich. Und bei dir? Was ist mit deinem Typen?«

Sophies Blick wurde noch mürrischer. »Wir haben uns wieder getroffen, aber irgendwie ist das Mist.«

»Du hast ihn wieder getroffen? Ich dachte, er wollte das nicht?«

»Nein, wollte er auch nicht, aber ich habe ihn dann doch überzeugt.«

»Und was ist dann passiert?«, fragte ich nach.

Lea kam mit drei Getränken in der Hand zu uns.

»Sophie hat sich wieder mit dem Typen getroffen«, brachte ich sie auf den neuesten Stand.

»Nein!«, rief Lea aus.

»Meine Güte, ihr seid doch nicht meine Mütter!«, stellte Sophie genervt fest. »Ja, er ist ein bisschen älter als ich, was soll's. Mir würde das nichts ausmachen.«

»Aber ihm?«, fragte Lea vorsichtig.

»Solange wir bei ihm sind, ist es ihm egal. Aber es nervt ihn, dass wir nicht ausgehen und andere Sachen machen können, weil ich zu jung bin.«

»Was für Sachen denn noch?«, wollte ich wissen.

»Na ja, zum Beispiel gemeinsam wegfahren, oder so was. Das würden meine Eltern nie erlauben.« Wütend zerknüllte sie eine Serviette und zerriss sie dann in tausend kleine Fitzelchen.

Mein Magen knurrte und ich sah mich nach etwas zu essen um. In dem Moment betrat Ella den Garten und mein Herz blieb fast stehen. An ihrer Seite war ein unglaublich hübsches, etwa achtzehnjähriges Mädchen, das ich nicht kannte. Die beiden lachten und wirkten so vertraut, dass ich vor Eifersucht fast geschrien hätte.

»Seht mal, da ist Ella«, sagte Lea und winkte sie an unseren Tisch.

Ich wäre am liebsten unter dem Tisch verschwunden, versuchte aber stattdessen, halbwegs cool zu wirken, auch wenn ich gegen Ellas Begleitung wie eine graue Maus wirkte.

»Hallo«, rief Ella fröhlich, als sie an unseren Tisch kam. »Das ist Alex, meine Cousine«, stellte sie uns ihre Begleitung vor. »Sie ist übers Wochenende zu Besuch.«

Die beiden setzten sich zu uns und ich merkte, das Ella meinen Blick suchte. Unruhig rutschte ich hin und her, wie sonst nur Lea. Ella stellte uns ihrer Cousine vor und als ich an der Reihe war, wurde ihre Stimme irgendwie wärmer. Bildete ich mir zumindest ein.

Ich sah hoch und ihr Blick traf mich mit voller Wucht. Es war ein intensiver Blick, vertraut, auffordernd und irgendwie so innig, dass ich ihn nicht aushalten konnte. Gleichzeitig freute ich mich darüber und wollte einfach nur weglaufen, weil ich Angst hatte, mir das einzubilden.

Das war zu viel für mich. Ich sprang auf, murmelte etwas von Hunger und lief davon. Warum war Marek eigentlich nicht hier? Die ganze Schule tummelte sich um mich herum, nur er war nicht da.

Ich ging ins Haus hinein und suchte das Badezimmer. Als ich es endlich gefunden hatte, stand davor schon eine Warteschlange. Also marschierte ich wieder hinaus und unterdrückte den Impuls, einfach wegzulaufen. Ich kam an dem riesigen Buffet vorbei, hatte jedoch überhaupt keinen Appetit. Alles an und in mir sehnte sich danach, in Ellas Nähe zu sein. Ich traf ein paar Mitschüler, quatschte hier und da ein bisschen, aber irgendwann musste ich einfach wieder zurück zu unserem Tisch.

In mir entstand eine Art Strudel, der sich schmerzhaft durch meinen Körper wand. Wie, verdammt noch mal, könnte ich es noch einmal schaffen, ein bisschen Mut zusammenzukratzen? So ging das nicht mehr weiter. Entweder musste ich mir endlich darüber klar werden, was ich empfand und das dann auch sagen, oder meine Klappe halten und damit leben.

Zurück an unserem Tisch wunderte ich mich über den Schwarm von Jungs, bis ich sah, dass sie sich um Ellas Cousine scharten. Das würde Sophie aber gar nicht gefallen! Ich setzte mich neben Lea.

»Wo ist Sophie?«, wollte ich wissen.

»Schmollend abgezogen, keine Ahnung wohin.«

»Das muss hart für sie sein.«

Wir grinsten beide. Sophie war immer die strahlende Prinzessin, es musste ihr einen ganz schönen Stich versetzen, plötzlich von Ellas Cousine ausgebootet zu werden. Aber das war klar. Die meisten Anwesenden kannten Sophie und wussten, dass sie sowieso nicht bei ihr landen konnten, also stürzten sie sich natürlich auf diese unbekannte Schönheit.

»Wie geht es dir?«, fragte Ella mich, als sie plötzlich neben mir stand.

»Ganz gut«, murmelte ich und spürte, wie die Hitze in mein Gesicht schoss. Ich wand mich, alles kribbelte und mir wurde schlecht.

Mit einem Ruck stand ich auf und nahm ihre Hand. »Komm mal mit.«

Ich zog sie hinter mir her, quer durchs Haus und hinaus auf die Straße. Wir gingen ein paar Schritte, bis zu einer kaputten Laterne, die vor einer großen Mauer stand. Ich blieb stehen, nahm all meinen Mut zusammen, packte Ella an den Schultern und küsste sie.

Ella erwiderte den Kuss und es war der erste richtige Kuss meines Lebens. Natürlich hatte ich auch schon mit Jungs herumgeknutscht, aber wie ich jetzt merkte, zählte das nicht.

Dieser Kuss war, wie ein Kuss sein sollte. Er katapultierte mich direkt in einen watteweichen Himmel, mein ganzer Körper prickelte, jubelte und schien fast zu schreien.

Wir sahen uns an und ich hatte das Gefühl, als würden sich zwei Schnüre miteinander verwickeln. Dann küssten wir uns erneut.

Doch plötzlich hörte ich Stimmen und bildete mir ein, dass eine davon Sophie gehörte. Erschrocken schob ich Ella von mir weg.

»Was …?«, setzte Ella an.

»Da kommt jemand.«

»Aber das …«

Doch ich ließ sie nicht ausreden.

»Komm, lass uns lieber wieder zurückgehen«, sagte ich und machte einen Schritt von Ella weg. Sie sah mich mit einem Blick an, der mir sekundenschnell Magenschmerzen verursachte. Was sollte ich denn jetzt bloß machen? Die Situation überforderte mich total und alles, was an Mut je in mir gewohnt hatte, war durch den Kuss komplett aufgebraucht. Schon fühlte ich mich wieder einfach nur hilflos.

Ella senkte den Blick und ging vor, ich trottete ihr mit ein paar Schritten Abstand hinterher. Es fühlte sich an, als würde jemand die Schnüre wieder durchschneiden. Was hatte ich getan?

»Was ist denn mit dir los?«, fragte Sophie mich, als ich wieder an unserem Tisch ankam.

»Wieso?«

»Du siehst aus, als wäre gerade jemand gestorben«, stellte Sophie fest. »Und wo warst du eigentlich in der letzten halben Stunde?«

»Ich war mit Ella ein bisschen draußen.«

»Warum?«

»Äh, nur so«, erwiderte ich und strengte mich fürchterlich an, cool zu bleiben und irgendwie zu verhindern, dass ich knallrot wurde.

Ich hatte Glück, denn Sophie wurde abgelenkt, als Ella mit ihrer Cousine wieder draußen auftauchte.

»Ah, die Königin des Abends«, ätzte Sophie.

Lea und ich grinsten uns an. Ella und ihre Cousine kamen zu unserem Tisch zurück und Ella setzte sich neben mich, allerdings mit dem größtmöglichen Abstand. Die schönen Gefühle, die ich vor wenigen Minuten mit ihr dort unter der Laterne empfunden hatte, gefroren in meinen Adern zu Tausenden kleinen Eiskristallen.

Plötzlich fühlte ich mich wie im Gefängnis. Neben mir saß Ella mit fragendem Blick, uns gegenüber Sophie.

Was sollte ich jetzt bloß machen? Mir wurde erst heiß, dann kalt, dann schlecht. Ich fühlte mich, als würden Gefängnisgitter immer näher an mich heranrücken und als ich es nicht mehr aushielt, sprang ich auf und rannte davon.

Später konnte ich mich gar nicht mehr daran erinnern, wie ich nach Hause gekommen war, doch irgendwann lag ich mal wieder heulend im Bett. Die zweite Party, die ich fluchtartig verlassen hatte, großartig. Diesmal hatten es zumindest nicht alle Partygäste mitbekommen.

Natürlich dauerte es nur Minuten, bis mein Handy piepte. Sophie, Lea, Ella. Ein lauter Schluchzer drang aus meiner Kehle und mit ihm all meine Verzweiflung. Was sollte ich denn jetzt bloß machen? Da passierte endlich etwas Wunderschönes, ich war richtig mutig gewesen und dann rannte ich weg.

Ich setzte mich auf, wischte mir die Tränen aus dem Gesicht und putzte meine Nase. Ich fühlte mich immer mehr wie ein Fass, in das, obwohl es schon voll war, permanent eine zähe Flüssigkeit hineinlief. Jedoch gab es nichts, wohin der Inhalt abfließen konnte.

Du musst dich zusammenreißen, schimpfte ich mich selbst.

Ich sah mich im Spiegel an und berührte meine Lippen, die heute zum ersten Mal so richtig geküsst worden waren. Andere würden jetzt laut jubelnd durch die Gegend laufen und es all ihren Freunden, ach was, der ganzen Welt erzählen! Aber ich hatte es kaputt gemacht.

Wieder piepte mein Handy. Sophie.

Hey, du kannst nicht schon wieder ohne ein Wort von einer Party abrauschen, sag mir jetzt SOFORT, was los ist!!!!!

Wenn ich nicht gleich antwortete, würde sie vermutlich in zehn Minuten hier vor der Tür stehen. Also tippte ich eilig.

Sorry, ich hänge gerade über der Kloschüssel, hoffe mal, ihr habt nichts von dem Eiersalat gegessen.

Eiersalat? Hab ich hier gar nicht gesehen. Bist du sicher, dass dir nichts anderes fehlt?

Ja, logo, was soll mir denn fehlen?

Ich kam mir schrecklich dabei vor. Ich belog meine Freundin und wagte mir kaum vorzustellen, was Ella jetzt wohl von mir dachte. Sie hatte den Kuss zwar erwidert, doch ich hatte immer noch keine Ahnung, ob sie genauso fühlte wie ich. Und selbst wenn, würde sie jetzt denn überhaupt noch etwas mit mir zu tun haben wollen?

Am liebsten wäre ich nun direkt zu Ella gefahren. Ich sehnte mich nach nichts anderem, als sie im Arm zu halten und alles andere zu vergessen.

Aber ich wusste nicht mal, was ich ihr schreiben könnte. Sicher war sie jetzt furchtbar enttäuscht von mir.

Heulend warf ich mich ins Bett und ignorierte, dass noch einige Nachrichten auf meinem Handy eingingen.

Wie sollte das alles jetzt nur weitergehen?

13

Am nächsten Morgen stand meine Mutter plötzlich an meinem Bett, obwohl ich noch im Tiefschlaf lag.

»Kim, steh jetzt bitte auf, wir müssen bald los«, rief sie.

Ich musste mich erst einmal sammeln und überlegte krampfhaft, was sie denn wohl meinte. Doch mir fiel nichts ein.

»Was ist denn los?«, fragte ich also genervt.

»Wir fahren heute zu deiner Großmutter, hast du das vergessen?«

Sie drehte sich um und ging zur Tür.

Ich setzte mich auf und nahm mein Handy. Sophie hatte noch einmal geschrieben.

Ich hoffe ja fast, dass du wirklich über der Kloschüssel hängst und uns hier nicht eine Story erzählst. Du weißt, ich komme sowieso dahinter, falls du irgendwas Heimliches laufen hast!!!

Marek hatte auch geschrieben und mir fiel ein, dass ich versprochen hatte, mich schon längst zu melden. Im Moment hatte ich aber wirklich ein Händchen dafür, es mir mit allen zu versauen.

Hi, Kim, alles klar bei dir? Ich hoffe ja. Und egal ob ja, oder nein, meld dich!

Schnell antwortete ich ihm.

Hi, Marek. Nein, alles scheiße. Ich glaub, ich habe es total versemmelt.

Dann öffnete ich Ellas Nachricht.

Hey, Kim, vielleicht sollten wir mal reden?

Ich war unendlich erleichtert, dass Ella sich bei mir gemeldet hatte, doch ihre Nachricht konnte alles Mögliche bedeuten. Zum Beispiel dass sie mir sagen wollte, dass es das jetzt war mit unserer Freundschaft, oder …

Rasch legte ich das Handy weg, lief ins Badezimmer und stellte mich unter die Dusche. Ich war fast froh über die Ablenkung, die mir der Ausflug zu meiner Oma bringen würde. Ansonsten würde ich sicher den ganzen Tag heulend in meinem Zimmer sitzen.

Ach Mist, was ist denn passiert?, wollte Marek wissen, als ich aus dem Bad zurückkam, um mich anzuziehen.

Ich schrieb ihm, dass ich mich später melden würde, wenn wir unterwegs waren.

Eilig versuchte ich mich mehrmals an einer Nachricht für Ella, doch ich brachte einfach nichts auch nur halbwegs Vernünftiges zustande.

»In einer Stunde fahren wir los«, sagte mein Vater, als ich nach unten kam und vertiefte sich dann wieder in seine Sonntagszeitung.

Ich wusste nicht so recht, was ich jetzt machen sollte, da ich Angst vor meinen eigenen Gedanken hatte. Am liebsten hätte ich mich einfach vor den Fernseher gesetzt, doch das würde nur Ärger geben.

Also ging ich in die Küche und half meiner erstaunten Mutter dabei, Ordnung zu schaffen, was ich normalerweise niemals freiwillig tun würde. Als wir los mussten, holte ich mir noch rasch eine Jacke und mein Handy aus meinem

Zimmer und machte es mir dann auf dem Rücksitz unseres Autos bequem. Die Fahrt würde ungefähr eine Stunde dauern, so hätte ich genug Zeit, um Marek die Situation zu schildern. Vielleicht hatte er ja einen Rat für mich.

So, jetzt sind wir unterwegs, schrieb ich ihm und schilderte ihm dann, was passiert war.

Oje, da steckst du jetzt aber irgendwie tief drin, stellte Marek fest. *Aber ehrlich, Kim, wenn du mich fragst, rede mit Ella, sie hat deinen Kuss ja immerhin erwidert! Sag ihr, was du fühlst!!!*

Ich weiß nicht, ob ich dafür mutig genug bin.

Ach, Kim, da hätte doch jeder die Hosen voll! Aber willst du denn nicht einfach glücklich sein, so wie du bist?

Doch, das will ich.

Dann musst du dafür kämpfen.

Ich sah aus dem Fenster. Wir fuhren gerade durch einen dichten Wald. Tausende schmale Schatten sausten über uns hinweg und malten ein Muster auf den Asphalt. Meine Eltern unterhielten sich leise, aber da das Radio an und eine der Boxen direkt neben meinem Ohr war, konnte ich sie nicht verstehen.

Ich weiß ja nicht einmal, ob sie mich will.

Dann finde es heraus! Kim, es ist okay, dass du Angst hast und es wird bestimmt nicht einfach sein, aber überleg dir genau, was für dich das Wichtigste ist.

Wir näherten uns dem Haus meiner Oma und ich freute mich darauf, gleich wie ein kleines Kind mit Kuchen und Kakao erwartet zu werden und nicht mehr nachdenken zu müssen.

Wir sind gleich da, ich melde mich auf dem Heimweg wieder, schrieb ich Marek noch.

Wir gingen hinein und ich ließ mich in die warme Umarmung meiner Oma fallen. Sie war eine perfekte Großmutter, klein und rund, mit einem faltigen Lachen im Gesicht und sie behandelte mich wie eine Prinzessin. Als ich klein war, hatten wir näher beieinander gewohnt und ich war sehr oft bei ihr gewesen. Sie roch immer nach Kuchenteig und den Lavendelsäckchen, die zwischen ihrer Kleidung lagen.

Sie strich mir über den Kopf und sah mich an. »Na, meine Kleine, wie geht es dir?«

Das war die falsche Frage. Tränen schossen mir in die Augen und ich drehte schnell den Kopf weg, um einen Niesanfall vorzutäuschen. Bald könnte ich mich auf einer Schauspielschule bewerben, dachte ich, während ich so tat, als müsste ich niesen wie verrückt. Wir gingen ins Wohnzimmer und ich ließ mich auf die weiche Couch fallen und versank im Geplänkel des Nachmittags.

Am frühen Abend machten wir uns wieder auf den Heimweg und sobald ich im Auto saß, checkte ich mein Handy. Keine Nachrichten. Enttäuscht, aber auch irgendwie erleichtert sah ich aus dem Fenster. Es war schon fast ganz dunkel und so blickte ich direkt in mein Gesicht. Es sah nicht anders aus, als vor ein paar Tagen und doch fühlte ich mich Lichtjahre von mir selbst entfernt.

So, bin jetzt wieder im Auto, schrieb ich Marek.

Wir können uns später noch treffen, wenn du magst!, antwortete er sofort.

Ich überlegte einen Moment. Nein, ich wollte heute lieber zu Hause bleiben und mir genau überlegen, was ich jetzt machen sollte, also schrieb ich ihm das.

Okay, kein Problem, du kannst dich jederzeit melden!

Danke!!!

Während dem Rest der Fahrt versuchte ich, meine Gedanken zu ordnen. Mir war völlig klar, dass ich Lea und Sophie morgen früh nicht erzählen konnte, was mit mir los war, dafür war ich mir selbst immer noch nicht sicher genug. Aber ich musste das mit Ella klären, sie zu verlieren war die allerschlimmste Vorstellung und bei dem Gedanken daran, fing ich an zu zittern. Wie sollte ich das bloß schaffen?

14

Das Erwachen am nächsten Morgen war schrecklich. Schon in der ersten Sekunde wurde mir bewusst, was mich heute in der Schule erwartete. So lange konnte ich mich gar nicht krank stellen, dass es mir irgendwie weiterhelfen würde. Am schlimmsten war, dass ich Ella nach wie vor keine Nachricht geschickt hatte und mich schrecklich schämte.

Mühsam setzte ich mich auf und fühlte mich dabei, als würde mich das nackte Grauen mit eiskalten Händen im Nacken packen. Fröstelnd sprang ich unter die Dusche und ließ mich mit heißem Wasser berieseln, bis meine Haut knallrot leuchtete.

Ich vermied jeden Blick in den Spiegel, zog mich an und ging nach unten. Ich hatte Glück, meine Mutter war schon weg und mein Vater morgens so schweigsam wie ich. Still verspeisten wir unser Frühstück und ich ging früher hinaus als sonst. Lea war noch nicht da. Ich schob mein Fahrrad aus der Garage und fuhr damit auf dem Gehweg auf und ab. Mir war schlecht.

»Guten Morgen«, erklang es plötzlich hinter mir.

»Hallo, Lea.«

»Na, geht's dir wieder besser?«, fragte sie und sah mich forschend an.

»Mir ist immer noch schlecht, aber wird schon werden.«

»Du bist auch ganz schön blass«, stellte Lea fest und wir fuhren los.

An der nächsten Ecke warteten wir auf Sophie und es stellte sich auch noch heraus, dass ich eine Hausaufgabe vergessen hatte. Wir sollten für den Deutschunterricht einen Text schreiben. Na, prima, der Tag fing ja gut an.

Sophie kam angeradelt. Schon von Weitem konnte ich ihren misstrauischen Blick sehen. Gut, dass mir wirklich schlecht war und ich sicher nicht gerade wie das blühende Leben aussah. Sie bremste vor uns und sah mich an.

»Okay, du siehst wirklich total scheiße aus!«

»Danke.«

»Ab heute heißt du nur noch Partycrasher«, beschloss sie dann.

»Haha. Vielleicht gehe ich einfach nicht mehr auf Partys«, überlegte ich, während wir uns auf den Weg zur Schule machten. Das war ja noch mal glimpflich für mich ausgegangen, aber das Schlimmste stand mir erst bevor. Ella. Wie sollte ich ihr bloß gegenübertreten?

Wir schlossen unsere Fahrräder ab und gingen hinein. Ich sah auf die Uhr, nur noch drei Minuten bis zum Klingeln.

Vorsichtig lugte ich um die Ecke, als wir ins Klassenzimmer gingen, Ella war noch nicht da. Schon jetzt zu Tode erschöpft ließ ich mich auf meinen Stuhl fallen. Es klingelte und in dem Moment kam Ella herein. Sie würdigte mich keines Blickes, setzte sich und vertiefte sich gleich in ein Buch. Jetzt wusste ich, wie es sich anfühlte, wenn ein Herz brach. Ich wunderte mich, dass nicht die ganze Klasse das Geräusch hörte.

Die erste Schulstunde zog an mir vorüber, ohne dass ich auch nur ansatzweise etwas davon mitbekam. Danach hatten wir Deutsch und unser Lehrer fragte nach, ob jemand seinen Text, den wir als Hausaufgabe aufgehabt hatten, vorlesen wollte. Ich duckte mich ganz tief hinter meinen Vordermann, da ich nichts geschrieben hatte und hoffte, er würde nicht auf die Idee kommen, mich aufzurufen, falls sich niemand meldete. Doch Ella meldete sich und stand auf.

Das Thema waren Gefühle. Egal ob Angst, Wut, Trauer, oder andere, wir sollten uns eines aussuchen und einen Text dazu schreiben.

Ella begann zu lesen.

Mut ist der Anfang vom Glück.

Man kann wochen-, monate-, oder jahrelang an dem schönsten Schiff der Welt bauen, wenn man es dann nur bewundert und im Hafen liegen lässt, hat es seinen Sinn verfehlt. Ein Schiff muss segeln, Meere erobern, neue Strände entdecken, gegen Wind und Wellen ankämpfen und in vielen Häfen anlegen. Genauso verhält es sich mit dem Mut. Man kann von ihm träumen, den der anderen bewundern, sich vorstellen, wie es wäre wenn. Aber Mut ist etwas, das nur wächst, wenn man anfängt, etwas zu wagen. Man muss ihn ausprobieren und trainieren, erst kleine Schritte machen und jedes Mal ein bisschen weitergehen. Man muss ihn gießen wie einen Baum und vielleicht manchmal auch zurechtstutzen, wenn man übermütig wird.

Es ist nicht verkehrt, Angst zu haben. Angst kann uns im richtigen Moment das Leben retten, aber im falschen Moment eine Chance verpassen lassen, die vermutlich nicht mehr wie-

derkommt. Wenn der Mut ein kleines bisschen größer ist als die Angst, dann kann man ungeahnte Grenzen überwinden, vergisst darüber zu grübeln, was andere denken und läuft nicht mehr in vorgetretenen Spuren. Das ist schwierig, anstrengend, beängstigend und manchmal scheint es wie eine unüberwindbar hohe Wand zu sein und doch geht es nicht anders, denn: Mut ist der Anfang vom Glück.

Ella setzte sich wieder und es war sehr still in der Klasse. Ihre Worte wummerten durch meinen Kopf, als wären sie nur für mich gedacht gewesen. Aber das wagte ich kaum zu hoffen.

»Das war großartig, Ella«, sagte unser Lehrer. »So, wer will denn noch vorlesen?«

Niemand meldete sich freiwillig, also bestimmte er noch vier weitere und ich war unendlich erleichtert, dass ich nicht dabei war. Immer wieder schielte ich zu Ella hinüber, doch sie ignorierte mich.

Als die Stunde vorbei war und es zur Pause läutete, musste ich unserem Lehrer, der die Hausarbeiten einsammelte, noch beichten, dass ich meine nicht geschrieben hatte.

In der Zeit verschwanden alle anderen nach draußen. Nachdem ich mir meine Rüge abgeholt hatte, ging ich in den Hof hinaus und suchte Ella. Sie saß, wie so oft, mit einem Buch in der Hand an einem sonnigen Platz und las.

Langsam näherte ich mich ihr und überlegte dabei fieberhaft, was ich nur sagen sollte. Nichts konnte mein Schweigen, oder meinen plötzlichen Abgang auf der Party wiedergutmachen, oder auch nur halbwegs erklären.

Als ich direkt vor ihr stand, sah sie endlich auf.

»Hallo«, sagte ich mit brüchiger Stimme.

»Hallo.«

»Können wir uns heute Nachmittag sehen?«, fragte ich.

»Warum?«

»Ich möchte mit dir reden.« Wie gerne wäre ich jetzt in ihrem Blick abgetaucht, doch in ihren Augen war eine Schranke, die mich nicht hineinließ.

Lange sah Ella mich an, ohne etwas zu sagen. Vor lauter Anspannung und Angst, dass sie mich zurückweisen könnte, wurde mir schon wieder schlecht.

»Okay«, sagte sie dann endlich und ich war so erleichtert, dass meine Knie ganz weich wurden.

»Danke«, erwiderte ich und stand dann weiter vor ihr, mit flauem Magen und zitternden Beinen. Ich fühlte mich so unendlich hilflos und einsam, wie noch nie in meinem Leben. Die Angst, dass ich das, was vielleicht zwischen uns hätte entstehen können, schon nach so kurzer Zeit zerstört hatte, fraß mich langsam von innen auf. Denn eines war mir inzwischen völlig klar: Ich wollte einfach nur mit Ella zusammen sein.

Der Gong erlöste uns beide aus dieser schrecklichen Situation und wir gingen nebeneinander hinein. Ich fühlte mich krank. Alles erschien mir unscharf, Gerüche kamen mir schrecklich intensiv vor, die Geräusche um uns herum brachten meine Ohren zum Schreien und ich hatte einen faden Geschmack im Mund. Wir liefen nebeneinander, sprachen aber nicht. Ich wusste nicht, was ich noch sagen sollte und Ella hatte offensichtlich keine Lust darauf, mit mir zu sprechen. Ich hätte sie gerne gefragt, ob sie mich mit ihrem Text ansprechen wollte, aber natürlich traute ich mich nicht.

Der Rest des Schultags zog sich in die Länge wie ein Kaugummi. Als er endlich vorbei war, stand Ella eilig auf. »Wo sollen wir uns treffen?«, fragte sie.

»Bei dem Wasserfall?«

»Okay. Ich bin um fünf Uhr dort.«

Ängstlich sah ich ihr nach, sie schien wirklich sehr wütend auf mich zu sein. Doch sie hatte ja recht.

Lea und Sophie warteten draußen auf mich.

»Machen wir heute was zusammen?«, fragte Lea.

»Ich kann nicht«, antwortete ich.

»Wieso?«

Ich überlegte einen Moment, wollte jedoch nicht lügen. »Ich treffe mich mit Ella.«

»Und du, Sophie?«, wollte Lea wissen.

»Ach, nö«, sagte diese. »Ich mag mich jetzt einfach aufs Sofa werfen.«

Enttäuscht sah Lea uns an.

»Wir könnten doch morgen ins Kino gehen?«, schlug ich vor.

»Ich weiß noch nicht, ob ich morgen kann«, sagte Sophie.

»Mensch, Leute, wird das denn noch was mit uns?«, fragte Lea. »Können die Damen dann vielleicht am Mittwoch?«

Sophie und ich nickten zustimmend und erst auf dem Heimweg fiel mir auf, dass Sophie gar nicht gesagt hatte, was sie morgen vorhatte. Wieder stellte ich traurig fest, dass wir uns anscheinend irgendwie voneinander entfernten. Erneut bekam ich schreckliche Angst davor, sie alle zu verlieren. Lea, Sophie und Ella.

Als wir uns verabschiedet hatten und ich zu Hause war, schlang ich rasch das Mittagessen herunter, das für mich bereitstand, und ließ mich dann auf die Couch im Wohnzimmer fallen.

Um 5 treffe ich mich mit Ella und ich habe keine Ahnung, was ich ihr sagen soll, schrieb ich Marek.

Ich wartete ewig, bekam jedoch keine Antwort. Unruhig lief ich hin und her, wünschte mir, die Zeit würde langsamer vergehen, damit ich mir noch besser überlegen könnte, was ich sagen sollte. Doch die Zeit raste.

Ich erinnerte mich an den Moment, als wir uns unter der kaputten Laterne geküsst hatten. Wenn ich ein Talent dafür hätte, würde ich ihr gerne ein Gedicht darüber schreiben, wie es sich für mich angefühlt hatte. So viele schöne Gefühle, von denen ich bis dahin nur geträumt hatte, hatte ich in diesen Minuten mit Ella zum ersten Mal wirklich erlebt.

Manchmal konnte eine kurze Zeit so mit Leben angefüllt sein, dass es fast zu viel war, um es auszuhalten.

Letztendlich kam ich zu dem einzig möglichen Schluss, Ella einfach die Wahrheit zu sagen. Die Wahrheit, die ich endlich erkannt hatte: Ich war unsterblich verliebt!

Ich machte mich auf den Weg und als ich noch kaum auf dem Rad saß, begann es, in Strömen zu regnen. Ich hatte nicht einmal eine Jacke dabei, wollte jedoch nicht umkehren und zu spät kommen. Also radelte ich, so schnell ich konnte. Das Wasser lief mir in kleinen Bächen über den Körper und innerhalb kürzester Zeit war ich bis auf die Unterwäsche durchnässt. Wind kam auf und peitschte mir den Regen fast waagerecht ins Gesicht. Ich schnaufte und schwitzte, aber letztendlich war mir alles egal, Hauptsache, ich konnte das mit Ella regeln.

Als ich ankam, war sie noch nicht da. Ich ließ mein Rad fallen und stellte mich unter den riesigen Baumstamm, dort kamen trotz dem Wind nur ein paar Tropfen hin. Ich blickte auf die Abdrücke, die meine Schuhe im nassen Schlamm hinterlassen hatten und erinnerte mich an Ellas Aufsatz und ihre Worte über vorgetretene Spuren.

Als ich wieder aufsah, kam Ella angeradelt. Sie hatte einen langen Regenmantel an und aus der Kapuze lugten ein paar nasse Löckchen hervor. Regen lief über ihr Gesicht und tropfte von der Nase. Sie sah zum Anbeißen aus!

Langsam legte sie ihr Rad neben meins und kam zu mir unter den Baum.

»Ella, ich …« Warum war das nur so unendlich schwer? Ich versuchte, mich zusammenzureißen und erinnerte mich an ihren Text zurück. Mut ist der Anfang vom Glück.

»Du bist klatschnass, sollen wir nicht lieber nach Hause fahren?«, unterbrach sie mich.

»Nein, auf keinen Fall«, erwiderte ich bestimmt. »Erst muss ich dir etwas erklären.«

»Okay.«

Auffordernd sah sie mich an

»Seit ich dich das erste Mal gesehen habe, war irgendwie alles durcheinander bei mir«, setzte ich an. Mein Herz pochte schmerzhaft in meiner Brust und mir war schlecht vor Angst. Aber mir war klar, entweder jetzt, oder nie.

»Meine Gefühle für dich wurden immer stärker, aber ich wusste nicht, was ich damit machen sollte, weil ich das einfach nicht verstehen konnte und ehrlich gesagt auch erst gar nicht so gemerkt habe. «

Schon von den wenigen Worten war ich völlig erschöpft.

Ella stand immer noch still da und sah mich an. Ein heftiger Windstoß fuhr unter den Baum und ich wurde, falls das überhaupt möglich war, noch nasser. Entschlossen strich ich mir einmal über das Gesicht und sprach weiter.

»Und dann kam plötzlich dieser irre Moment unter der Laterne, es war der schönste Moment meines Lebens. Am liebsten würde ich immer noch mit dir dort stehen und dich nicht mehr loslassen. Doch dann habe ich Stimmen gehört, ich habe Panik bekommen und bin weggelaufen.«

»Panik vor was?«, wollte Ella wissen.

»Dass jemand uns sieht.«

»Warum?«

Erstaunt sah ich sie an und erst da wurde mir bewusst, was ich eben gesagt hatte. »Es ist gerade das erste Mal, dass ich mich traue, über meine Gefühle zu sprechen, dass ich mir eingestehe, was mit mir los ist. Mit dir kann ich das, aber ich habe Angst davor, es meinen Freundinnen zu sagen.«

»Warum?«

Sie machte es mir aber wirklich nicht leicht.

»Ich will nicht anders sein.«

»Aber das bist du doch gar nicht!«

»Aber ja doch.«

»Du meinst, weil du in mich verliebt bist?«

»Ja.«

»Du bist deswegen nicht anders, Kim, du bist einfach du.«

Ich sah Ella an. Die Schranke in ihrem Blick war ein wenig zurückgewichen.

»Natürlich bin ich anders«, sagte ich frustriert. »Ich bin nicht in Marek verliebt, sondern in dich. Ich bin nicht wie die anderen und ich will nicht, dass man mit dem Finger auf mich zeigt. Ich habe nicht viele Freunde und ich habe Angst, sie zu verlieren. Ich will dich und ich will mein normales Leben behalten, aber ich kann mir nicht vorstellen, dass beides geht.«

»Was wären das denn für Freunde, die dich deswegen nicht mehr mögen?«, wollte Ella wissen. »Würdest du eine von ihnen weniger mögen, wenn sie an deiner Stelle wären?«

»Natürlich nicht!«

»Und wieso traust du ihnen das dann nicht auch zu?«

Ich fühlte mich in die Enge getrieben und wusste nicht mehr weiter. Tränen liefen über meine Wangen, aber es war mir egal.

Ella beugte sich zu mir und nahm meine Hand. Ich musste mich beherrschen, mich nicht gleich in ihre Arme zu werfen.

»Es ist bestimmt nicht einfach und am Anfang werden sie irritiert sein, aber es macht keinen anderen Menschen aus dir!«

Hatte sie gerade gesagt, dass es einen Anfang geben würde? Konnte das sein?

»Was hast du eben gesagt?«, fragte ich nach.

»Dass die anderen am Anfang irritiert sein werden.«

»Am Anfang? Du meinst also, dass zwischen uns …« Ich war so aufgeregt, dass ich nicht weiter sprechen konnte.

Lächelnd trat Ella einen Schritt näher und nahm mich in den Arm. »Merkst du denn nicht, dass ich auch in dich verliebt bin?«

»Ich, äh …«

Ella legte mir einen Finger auf die Lippen und dann küsste sie mich. Bis zu diesem Moment hatte ich nicht einmal geahnt, was so ein Kuss in einem Körper alles anrichten konnte. All meine Nerven fingen an zu vibrieren und das Blut rauschte durch seine Bahnen, als wäre es auf dem Weg in eine andere Dimension. Neben uns plätscherte der Wasserfall, um uns herum goss es in Strömen, der Wind pfiff ein Lied und Ella küsste mich noch immer. Ich hätte nicht sagen können, ob wir seit Minuten, oder Stunden so dort standen.

»Merkst du es jetzt?«, fragte Ella grinsend.

»Ja!«

Ich nahm ihre Hände in meine und sah ihr fest in die Augen. »Es tut mir leid, dass ich dich auf der Party so blöd habe stehen lassen. Ich bin nicht so mutig wie du.«

»Ich bin nicht mutig«, erwiderte Ella. »Ich habe nur gelernt, dass das Glück manchmal innerhalb einer Sekunde vorbei sein kann und dass man es deswegen bei den Hörnern packen und nicht loslassen sollte.«

»Warum magst du mich bloß?«, fragte ich.

»Weil du einfach großartig bist. Du machst dich gerne viel kleiner und schlechter, was ich überhaupt nicht verstehe, denn in dir ist so viel Besonderes.«

»Nein, ist es nicht«, sagte ich bockig.

»Manchmal glaube ich, du willst gar nicht gemocht werden«, stellte Ella fest.

Doch, nichts wünschte ich mir sehnlicher, aber wie so vieles, traute ich mich nicht, es auch auszusprechen.

»Komm her«, sagte sie mit warmer Stimme.

Ich fiel in ihre Umarmung und fühlte mich dabei, als würde ich in einer warmen, weichen Wolke landen, die mich umhüllte.

Ich küsste sie, wieder und wieder und versuchte dabei,

alle Unsicherheiten, die mir durch den Kopf gingen, wegzuschieben. Es war das erste Mal, dass ich einem anderen Menschen so nahe war und das auch genoss. Wir hielten uns fest umschlungen und ich spürte ihren Körper an meinem, was unglaublich aufregend war. Es war irgendwie gleichzeitig etwas völlig Neues und trotzdem vertraut. Ein Gefühl, das es eigentlich gar nicht geben konnte, hatte ich zumindest bisher gedacht. Diesmal explodierte nicht nur ein Sack Schmetterlinge in meinem Bauch, sondern ein ganzes Universum.

Als ich irgendwann so vor Kälte zitterte, dass ich es wirklich nicht mehr ignorieren konnte, lösten wir uns voneinander und fuhren nach Hause.

Unterwegs schwiegen wir, sahen uns nur ab und an in die Augen, was viel besser war, als Worte es hätten sein können.

Konnte es wirklich wahr sein, was ich an diesem Nachmittag erlebt hatte?

15

Doch wie immer halten Höhenflüge leider nie sehr lange an. Denn der nächste Morgen kam und damit auch die alten Probleme. Sollte ich es Lea und Sophie einfach erzählen? Wie würden Ella und ich jetzt in der Schule miteinander umgehen?

Ich hatte am Abend zuvor noch lange mit Marek hin und her geschrieben und er hatte sich sehr für mich gefreut.

Beim Frühstück versuchte ich noch, die Probleme zu ignorieren und mich einfach an den letzten Abend zu erinnern. Mein ganzer Körper schien sich verändert zu haben. Ich hatte das Gefühl, als würde meine Haut glühen, als wäre ich gewachsen und ich mochte ihn ein bisschen mehr, weil sich das alles so schön angefühlt hatte.

Ich ging hinaus und Lea war schon da.

»Guten Morgen!«, rief sie. »Was macht der Magen?«

»Viel besser, danke!«

Plötzlich stutzte sie und starrte mich an.

»Was ist los?«, fragte ich.

»Irgendwie siehst du anders aus.«

Ich hätte am liebsten breit gegrinst und darauf geantwortet, doch ich wusste nicht wie.

»Ach was«, antwortete ich, setzte mich auf mein Rad und fuhr los, damit Lea nicht sah, wie rot ich wurde.

An der nächsten Ecke warteten wir auf Sophie, die wieder fürchterlich spät kam und schrecklich aussah.

»Oje«, sagte Lea. »Die eine sieht plötzlich so aufgeblüht aus und du wie eine Leiche. Mein Leben ist anscheinend gegen eures ziemlich öde.«

Sophie warf einen Blick auf mich, doch sie war offensichtlich zu erschöpft, um sich irgendwelche Gedanken zu machen. Nicht mal ein Kommentar kam von ihr.

Schweigend radelten wir zur Schule und wieder bemerkte ich traurig, dass sich zwischen uns etwas veränderte. Gehörte es zum Erwachsenwerden, dass man immer mehr verstummte, obwohl es eigentlich immer mehr zu sagen gab?

Als ich mein Rad abgeschlossen hatte und den Kopf hob, stand Ella plötzlich vor mir. Mein erster Impuls war, ihr in die Arme zu fallen, doch wir standen mitten auf dem Schulhof. Ich sah ihr an, dass sie jetzt etwas von mir erwartete. Also ging ich zu ihr und nahm sie in den Arm. Das war ja nichts Ungewöhnliches unter Freundinnen. Wie blöd ich mir bei diesem Gedanken vorkam.

Ich hielt sie so lange fest, wie ich mich traute unter den Augen von Lea und Sophie. Dann gingen wir alle zusammen hinein.

Im Unterricht konnte ich mich überhaupt nicht konzentrieren. Ella war zu nah.

Wir hatten uns für den Nachmittag verabredet und ich konnte es kaum erwarten.

»Wollen wir heute was machen?«, fragte Lea in der ersten Pause.

Sophie knurrte nur irgendetwas und ich war mit den

Augen auf der Suche nach Ella, konnte sie aber leider nirgends entdecken.

»Mensch, Leute, was ist denn los mit euch?«, wollte Lea wissen. »Ihr seid heute beide so seltsam drauf, das ist ja echt gruselig.«

Es klingelte und ich glaube darüber waren wir alle drei erleichtert. Was passiert hier mit uns?, fragte ich mich, als wir schweigend hineingingen.

Der Schultag ging schnell vorüber und weil ich es anders nicht ertragen konnte, fragte ich Ella, ob ich vielleicht gleich mit zu ihr kommen könnte. Lächelnd stimmte sie zu und in jeder Pore meines Körpers tanzte das Glück.

»Ich fahre jetzt mit zu Ella, treffen wir uns denn nun morgen?«, wollte ich von Lea und Sophie wissen, als wir unsere Räder nach dem Unterricht aufschlossen.

Sophie reagierte kaum und ich war sicher, dass sie wieder wegen dem älteren Typen so durch den Wind war. Er tat ihr gar nicht gut und ich nahm mir vor, sie morgen darauf anzusprechen.

»Klar«, sagte Lea und zischte los.

Jetzt wollte ich nur noch mit Ella allein sein. Sie wartete vor dem Schultor auf mich, ich schob mein Fahrrad und wir liefen nebeneinander zu ihr nach Hause. Unterwegs rief ich noch rasch meine Mutter an und sagte, ich wäre den ganzen Tag zum Lernen weg, das hörte sie immer gern.

Ellas Mutter war zu Hause und freute sich so, mich zu sehen, dass mir ganz warm ums Herz wurde. Ich fühlte mich sehr wohl bei den beiden, denn obwohl es oft schwierig war, wenn es Ellas Mutter nicht gut ging, hatten sie doch eine Art miteinander – und auch mit mir – umzugehen, die ich ganz großartig fand.

Wir aßen zusammen und obwohl ich Ella endlich für mich allein haben wollte, genoss ich jeden Moment. Als wir uns schließlich nach oben verzogen, musste ich mich beherrschen, die Treppe nicht im Eilschritt zu erklimmen.

Kaum ging die Tür hinter uns zu, schnappte ich mir Ella und zog sie aufs Bett.

»Hey, so ungestüm?«, fragte sie lachend und sah mich mit diesem warmen Blick an, der mich in eine neue und aufregende Welt eintauchen ließ.

Ich war entsetzlich aufgeregt, noch nie war ich einem anderen Menschen körperlich so nahe gewesen und noch nie hatte ich eine solche Sehnsucht danach verspürt. Ich meinte fast, gleich würde ich einfach zerplatzen.

Obwohl ich schrecklich unsicher war und eigentlich nicht wusste, was ich tun sollte, fügte sich alles irgendwie von selbst.

Ich schob meine Hand unter Ellas T-Shirt und genoss den Schauer, der dabei durch meinen Körper lief. Wie überwältigend es war, ihre nackte Haut zu spüren!

Morticia flüchtete fauchend aus dem Bett, als ich sie zum dritten Mal wegschieben musste.

Die Zeit löste sich auf und es fühlte sich an, als würden sich zwei Puzzleteile ineinanderfügen.

Es dauerte lange, bis wir uns wieder voneinander lösten.

»Ich verdurste gleich«, sagte Ella schließlich, zog sich etwas über und verschwand in die Küche.

Ich fragte mich, ob ihre Mutter wohl Bescheid wusste. Es würde mich nicht wundern und bei ihr war ich mir sicher, dass es ihr völlig egal wäre, ob Ella einen Freund oder eine Freundin hätte.

Doch ich wollte jetzt nicht über schwierige Sachen nachgrübeln, sondern zum ersten Mal in meinem Leben dieses irre Gefühl genießen. Ich war verliebt! So richtig verliebt und es wurde erwidert. Immer noch ein unglaublicher Gedanke für mich.

Ella kam mit Getränken zurück. »Bleibst du zum Abendessen?«

»Wenn ich darf?«

»Klar!«

»Ist es wirklich okay für deine Mutter?«, hakte ich nach.

»Aber sicher, warum denn nicht?«

»Ich weiß nicht. Meine Eltern fänden es seltsam, wenn irgendjemand so lange bei mir wäre.«

»Aber du bist nicht irgendjemand.«

Vor Freude wurde ich natürlich tomatenrot und versteckte meinen Kopf unter einem Kissen. Ella kam zu mir ins Bett und zog mich hoch.

»Was hast du denn nur gegen dich?«, fragte sie.

»Ich weiß nicht.«

»Kim, wir suchen uns nicht aus, in wen wir uns verlieben, das passiert einfach. Du kannst davor weglaufen, aber das wird dich vermutlich nirgendwo hinführen. Es gibt tausende Dinge an einem selbst, die man beeinflussen kann, aber manche eben nicht.«

»Ich bin so froh, dass ich dich getroffen habe«, sagte ich leise.

»Das bin ich auch«, antwortete Ella mit warmer Stimme. »Ich werde dich nicht drängen, gleich morgen deinen Freundinnen die Wahrheit zu sagen, aber du kannst es nicht ewig für dich behalten.«

Damit hatte sie recht. Ich hoffte einfach, dass mich unser

gemeinsames Glück so beflügeln könnte, dass es mir leichterfallen würde, die Karten auf den Tisch zu legen.

Ich nahm Ellas Hand und legte sie in meine. Unsere Finger umschlossen sich und ich musste an ein Vorhängeschloss denken, das sanft einrastet.

Als ich lange Zeit später auf dem Heimweg war, schwebte ich auf Wolke sieben. Ach was, ich glaube, es waren noch ein paar Wolken höher – mit Sternschnuppenregen!

16

»Jetzt sag uns endlich, was mit dir los ist!«, forderte Lea Sophie auf, als wir am nächsten Tag zusammen bei Lea zu Hause saßen, bevor wir ins Kino aufbrechen wollten.

»Es ist nichts«, versuchte Sophie sich herauszuwinden, doch es ging ihr so offensichtlich schlecht, dass ich mir richtig Sorgen machte.

»Sophie, jetzt red schon«, schimpfte ich und endlich erzählte sie, was passiert war.

»Ich glaube, ich bin schwanger.«

Lea und ich sahen uns an. Oh nein, das konnte doch nicht wahr sein!

»Bist du sicher?«, fragte ich.

»Nein, ich sage ja, ich glaube«, erwiderte Sophie wütend.

»Von diesem David?«, wollte Lea wissen.

»Ja.«

»Also habt ihr euch doch weiter getroffen«, stellte ich fest.

Endlich rückte Sophie dann mit der Sprache heraus. Sie hatte sich erneut mit David getroffen, war dafür sogar nachts von zu Hause ausgebüxt und zu ihm gefahren. Früh morgens war sie dann wieder nach Hause geschlichen, bevor ihre Eltern aufstanden.

»Kein Wunder, dass du immer so müde warst. Du spinnst doch!«, rief Lea aus.

»Ach, was verstehst du denn davon«, erwiderte Sophie wütend.

Verletzt verschränkte Lea die Arme vor der Brust.

»Jetzt streitet euch doch nicht«, sagte ich. »Viel wichtiger ist jetzt, dass wir erst einmal herausfinden, ob du wirklich schwanger bist«, beschloss ich. »Wir müssen einen Test kaufen.«

»Nein!«, rief Sophie aus.

»Wieso nicht?«, fragte ich.

Mit großen Augen sah Sophie mich an und plötzlich wirkte sie wieder wie ein kleines Mädchen. Ich sah, dass sie schreckliche Angst hatte.

»Was mache ich denn, wenn er positiv ist?«

»Das überlegen wir uns dann«, beschloss ich. »Vielleicht ist er nicht positiv und du machst dich ganz umsonst verrückt.«

»Habt ihr denn nicht verhütet?«, wollte Lea wissen.

Sophie wand sich hin und her. »Nicht immer.«

»Wieso nicht?«

»Weil er es so lieber mag«, nuschelte sie dann.

»Was ist denn das für ein Arsch? Der spinnt ja wohl und du machst da mit?« Lea war total außer sich.

»Jetzt beruhigt euch doch mal«, bat ich die beiden. »Eine von uns muss jetzt los und im Drogeriemarkt einen Test besorgen, damit das mal geklärt ist«, versuchte ich die Wogen zwischen den beiden zu glätten. Wobei ich wirklich auch fand, dass der Typ ein Arsch war!

Lea machte sich freiwillig auf den Weg. Als sie weg war, nahm ich Sophie in den Arm und im selben Moment fing sie an zu weinen. Sie schluchzte und heulte, wie ich es bei ihr seit dem Kindergarten nicht mehr erlebt hatte. Ich hätte ihr am liebsten gesagt, dass sie diesen Typen sofort in den Wind schießen sollte, aber erst mal mussten wir herausfinden, ob sie wirklich schwanger war. Das wäre eine schreckliche Katastrophe! Wir waren doch alle erst sechzehn!

Irgendwann beruhigte sie sich ein bisschen, setzte sich auf und putzte sich geräuschvoll die Nase.

»Da bist du ganz schön in was hineingeschlittert«, sagte ich leise. »Weiß er denn, dass du befürchtest, schwanger zu sein?«

»Nein. Dann schießt er mich doch gleich wieder ab«, erwiderte Sophie hart.

Das wäre sowieso das Beste, dachte ich mir.

Lea kam wieder, sie musste geradelt sein, als wäre der Teufel hinter ihr her.

»So, dann mal los«, sagte sie und gab Sophie den Test.

»Danke. Ich mache das lieber später, wenn ich alleine bin.«

»Du spinnst ja wohl«, rief ich aus. »Du machst das gefälligst jetzt und nicht allein.«

Lea stimmte mir zu. Wir packten den Test aus, lasen auf dem Beipackzettel, wie er funktionierte, und schickten Sophie damit ins Badezimmer. Sie fügte sich unserem Willen und ging.

Dann begannen bange Minuten, bis wir die Klospülung rauschen hörten.

»Was ist denn nun?«, rief Lea ungeduldig.

»Psst«, sagte ich. »Das dauert doch ein bisschen. Sicher wartet sie erst ab, wie es sich verfärbt, bis sie wieder rauskommt.«

Lea wanderte im Zimmer auf und ab und ich war auch ganz zappelig. Die Tür ging auf und Sophie stand darin. Leichenblass sah sie uns an.

Oh nein, dachte ich, sagte aber nichts. Ich glaube, es war das erste Mal, dass ich Sophie sprachlos erlebte. Sie stand einfach im Türrahmen und sah immer wieder von Lea zu mir.

Irgendwann hielt ich es nicht mehr aus. »Und?«, fragte ich vorsichtig und hatte gleichzeitig Angst vor der Antwort.

»Ich glaube, ich bin nicht schwanger«, sagte Sophie mit zittriger Stimme und kam endlich ins Zimmer herein.

»Oh, Gott sei Dank«, sagte ich, sprang auf und nahm sie in den Arm.

»Ich muss mich mal setzen«, sagte Sophie und ich half ihr aufs Bett. Sie sah aus, als müsste sie sich gleich übergeben.

»Na, da hast du ja noch mal Glück gehabt«, stellte Lea fest. »Hoffentlich triffst du dich jetzt nicht mehr mit dem Arsch.«

Dazu sagte Sophie nichts. Sie saß einfach da, mit dem Test in der Hand, und starrte darauf.

Lea nahm ihn ihr ab und kontrollierte das Ergebnis. Sie sah mich an und nickte, also war Sophie wirklich nicht schwanger!

Das war ja gerade noch mal gut gegangen.

Sophie schien immer noch nicht in der Lage zu sein, etwas zu sagen. Still saßen wir drei da und starrten vor uns hin.

In welch kurzer Zeit sich doch das ganze Leben plötzlich radikal ändern konnte, dachte ich mir. Wenn Sophie jetzt schwanger gewesen wäre, hätte sich eine ziemliche Katastrophe angebahnt.

Ich überlegte, wie meine Eltern wohl auf so eine Nachricht reagieren würden. Abgesehen davon, dass sie sicher ausrasten würden, wäre es ihnen vermutlich immer noch lieber, als eine Tochter zu haben, die mit einem Mädchen zusammen ist. Doch diesen Gedanken verdrängte ich jetzt vehement, auch wenn die Sehnsucht nach Ella sofort mit aller Macht in mir anstieg. Aber jetzt war Sophie dran.

Wir mussten uns dringend etwas überlegen, um sie wieder aufzumuntern und vor allem, wie wir sie davon überzeugen konnten, diesen Typen sausen zu lassen.

»Los, lasst uns irgendwo hingehen, ein Eis essen oder sowas«, schlug ich also vor.

Sophie schaute weiter lustlos auf den Boden.

»Bist du denn jetzt nicht total erleichtert?«, fragte ich sie.

»Doch, schon.«

»Aber?«

»Ich weiß nicht.«

Fragend sahen Lea und ich uns an. Was war nur los mit Sophie?

»Sophie, jetzt rede doch bitte mit uns«, bat ich sie verzweifelt.

»Ich kann es nicht so gut beschreiben, aber irgendwie fand ich den Gedanken auch ein bisschen aufregend, ein Kind von David zu bekommen.«

Fassungslos sahen wir sie an. Unsere freiheitssüchtige Sophie hatte das doch wohl nicht eben wirklich gesagt?

»Du willst doch nicht ernsthaft behaupten, dass du jetzt gerne schwanger wärst?«, fragte Lea entsetzt.

»Nein, natürlich nicht«, erwiderte Sophie. »Aber trotzdem hat sich der Gedanke daran irgendwie spannend angefühlt, als könnte ich in etwas hineinspüren, das ich erst in ganz ferner Zukunft wirklich erleben werde.«

»Irgendwie macht sie mir gerade Angst«, sagte Lea zu mir. »Das ist doch nicht unsere Sophie!«

Da hatte sie recht. In Sophies Gesicht kehrte langsam wieder etwas Farbe zurück.

»Okay, lasst uns gehen, aber nicht ins Kino – ich lade euch auf irgendetwas ein, zur Feier des Tages!«, sagte sie und stand auf.

Ich hatte ein bisschen das Gefühl, dass sie keine Lust mehr hatte, mit uns über das Thema zu sprechen.

Wir machten uns auf den Weg zur Eisdiele, bestellten wie immer drei riesige Becher und setzten uns draußen an einen Tisch.

»Jetzt erzähl doch mal«, bat Lea Sophie, »wie bist du denn nachts von zu Hause raus und morgens wieder rein, ohne dass deine Eltern was gemerkt haben?«

»Das ist nicht besonders schwer, wir haben in der Garage ein Fenster, das klemmt. Man kann es ganz zuschieben, ohne es einrasten zu lassen. Wenn man da nicht ganz genau hinsieht, merkt das keiner.«

»Wie oft hast du das denn gemacht?«, wollte ich wissen.

Sophie sah mich an und ich merkte, dass sie überlegte, ob sie ehrlich sein sollte.

»Ach, ein paarmal«, erwiderte sie dann ausweichend.

»Also ziemlich oft«, meinte Lea trocken.

Sophie zuckte mit den Schultern.

»Wenn du ihn nicht sausen lässt, solltest du dir wenigstens die Pille holen«, meinte Lea.

»Ach Leute, ihr seid doch nicht meine Eltern und ich

habe jetzt keinen Bock, über Verhütung zu reden!«, rief Sophie aus.

Ich sah sie an und merkte, dass sie mir plötzlich irgendwie fremd war. Doch vermutlich ging es den beiden mit mir momentan nicht viel anders. Vielleicht gehörte es einfach dazu, dass man sich in unserem Alter phasenweise so stark veränderte, dass einem plötzlich nicht nur man selbst, sondern auch die anderen fremd vorkamen?

Meine Sehnsucht nach Ella wurde plötzlich so stark, dass ich mich kurz auf die Toilette des Cafés zurückzog.

Ich vermisse dich, schrieb ich ihr und schickte noch ein paar Smileys mit roten Backen und Kussmund dazu.

Ich holte mir eines der Fotos auf den Bildschirm, das ich von ihr im Badezimmer gemacht hatte, und strich mit meinem Finger über ihr Gesicht. Ella.

Mein Handy piepte und ich freute mich schon auf Ellas Antwort, doch es war Marek.

Hey, Kim, wollte nur mal hören, ob bei dir alles klar ist? Treffen wir uns bald mal wieder?

Hey, Marek, bin gerade mit den Mädels im Café! Treffen gerne! Wann kannst du?

Kennen sie inzwischen dein Geheimnis? ;-) Ich könnte morgen oder am Wochenende!

Nein, sie kennen mein Geheimnis noch nicht, schrieb ich zurück. *Morgen weiß ich noch nicht, aber am Wochenende geht sicher!*

Okay, entweder morgen spontan, oder Wochenende, freu mich!

Ich mich auch!

Ich war wirklich sehr froh um die neue Freundschaft mit Marek. Mit ihm war es einfach so anders, was vielleicht auch daran lag, dass er ein Junge war. Er redete nicht um den heißen Brei herum, sagte, was er dachte, und fertig. Das gefiel mir sehr.

Leider kam keine Antwort von Ella und ich musste langsam wieder zu den anderen. Auf dem Weg nach draußen fragte ich mich, was Ella wohl in ihrer Freizeit so machte. Ich wusste, dass sie hier nicht viele Leute kannte. Und eines spürte ich deutlich, egal, womit sie gerade ihre Zeit verbrachte, ich war eifersüchtig darauf.

Sophie und Lea saßen schweigend am Tisch, als ich zurückkam.

»Ich habe schon gezahlt«, sagte Sophie zu mir.

»Danke.«

»Danke für eure Unterstützung!«, erwiderte sie.

Die Stimmung zwischen uns war total komisch, irgendwie fast ein wenig förmlich und ich wusste überhaupt nicht, was ich davon halten sollte. Ich wusste auch nicht, ob ich etwas dazu sagen sollte, weil meine Angst, dass das Gespräch dann auf mich kommen würde, einfach viel zu groß war.

»Ich bin irgendwie echt platt von dem Ganzen. Ich glaube, ich fahre jetzt heim und haue mich aufs Ohr«, sagte Sophie.

»Jetzt schon?«, fragte Lea. »Es ist noch nicht mal sechs!«

»Trotzdem.«

Wir standen auf und Lea und ich sahen uns an. Ratlos zog sie die Schultern hoch. Die Geschehnisse der letzten Wochen schienen die für unbezwingbar gehaltene Verbindung zwischen uns irgendwie gespalten zu haben. Fast meinte ich zu hören, wie es einen Riss gab, als würde sich in der Erde ein Spalt auftun. Ich hatte Angst, dass unsere

Freundschaft darin verschwinden würde. Doch im Moment wusste ich nicht, was ich dagegen tun konnte.

Wir stiegen auf unsere Fahrräder und nachdem Sophie zu sich nach Hause abgebogen war, fuhren Lea und ich alleine weiter.

»Ich glaube, dass sie es kaum erwarten kann, den Typen wiederzusehen«, sagte Lea. Sie sah traurig aus.

»Ja, das glaube ich auch«, bestätigte ich ihre Vermutung.

Lea dachte einen Moment nach und sprach dann weiter.

»Was denkst du, wie das wohl ist mit einem Typen, der so viel älter ist?«

»Keine Ahnung«, erwiderte ich. »Ich glaube, mich würde es verunsichern.«

»Ja, mich auch. Da käme ich mir vor wie ein Kleinkind, das keine Ahnung hat. Aber Sophie ist da vermutlich anders als wir.«

»Ganz sicher sogar.«

»Und trotzdem spricht sie nie über ihn, das ist schon komisch. Sonst liebt sie es doch eher, ihre Erlebnisse vor uns auszubreiten.«

»Ja, da hast du recht, das ist seltsam. Aber sie hat uns von Anfang an nichts von ihm erzählt. Irgendetwas ist da anders. Ich glaube nach wie vor, dass sie zum ersten Mal richtig verknallt ist und das einfach nicht zugeben will. Als wäre das etwas Peinliches.«

»Irgendwie verändert sich zwischen uns gerade alles.«

Da sprach sie mir aus der Seele, aber was sollte ich darauf antworten?

»Das wird schon wieder«, sagte ich aufmunternd. »Es gibt doch immer so komische Phasen.«

»Ich weiß nicht, ich habe eigentlich keine.«

Damit hatte sie recht.

»Vielleicht sind wir zwei einfach die totalen Spätstarter und Sophie langweilt sich mit uns«, fragte Lea sich laut.

»Nicht jeder muss in unserem Alter mit jemandem Erfahrungen sammeln, der so alt ist«, widersprach ich.

»Nein, das nicht. Aber überhaupt irgendwelche Erfahrungen schon.«

Ich sah Lea an. War sie traurig, weil sie seit ihrem Ex-Freund niemanden mehr gefunden hatte? Wobei, sie hatte ja im Urlaub zumindest einen heißen Flirt gehabt.

Eigentlich machte sie immer den Eindruck, dass es ihr gar nicht so viel ausmachte, keinen Freund zu haben. Sie war ständig mit massenweise Jungs zusammen, durch den vielen Sport, den sie trieb. Aber es war auch immer so, dass diese Jungs sie eher als Kumpel und nicht gerade als Mädchen ansahen. Offensichtlich fing das an, langsam an ihr zu nagen. Doch da wusste ich auch keinen Rat.

»Möchtest du noch mit zu mir kommen?«, fragte ich Lea, als wir vor meinem Haus standen. Sie überlegte einen Moment, schüttelte dann aber den Kopf.

»Nein, ich gehe noch eine Runde laufen.«

»Okay, viel Spaß und dann bis morgen«, sagte ich und drückte sie fest.

Nachdem ich mein Rad in die Garage geschoben hatte, ging ich in mein Zimmer und ließ mich aufs Bett fallen. Wieder und wieder dachte ich darüber nach, was da gerade mit uns dreien passierte. Wie konnte man es aufhalten, dass wir auseinanderbrachen?

Irgendwann setzte ich mich auf und sah auf mein Handy. Ella hatte schon vor einer Weile geschrieben.

Ich vermisse dich auch! Wie geht es dir, was machst du?

Ich liege gerade auf dem Bett und denke an dich …, antwortete ich.

Schön :-))) –, aber damit kann man nicht den ganzen Tag füllen!

Doch, dachte ich mir, das könnte ich problemlos! Ich erzählte ihr kurz, was heute so passiert war. Und dann wollte ich zu gerne wissen, was Ella so gemacht hatte.

Ich war lange spazieren, habe gelesen und mit meiner Mutter Abendessen gekocht. Jetzt freue ich mich, weil es Abend ist.

Wieso freust du dich, weil es Abend ist?, wollte ich wissen.

Ich mag Abende. Ich mag das Gefühl, wenn alles erledigt ist, alle zu Hause sind und man sich hinter verschlossenen Türen einkuschelt. Das ist, als würde auch in mir eine Tür zu gehen, ich fühle mich dann warm und sicher und alles ist irgendwie gut.

Ich möchte auch zu den Sachen hinter der Tür gehören, dachte ich mir.

Das klingt schön!, schrieb ich. *Wann sehen wir uns wieder? Hast du morgen schon was vor?*

Nein.

Dann morgen?

Ja. :-))

Schlaf gut, ich freue mich auf dich. xxx

Ich mich auch! xxx

Meine Mutter rief mich zum Abendessen und ich ging hinunter. Manchmal aßen wir, je nach Fernsehprogramm, im Wohnzimmer. Das mochte ich sehr. Nicht nur, dass dabei nicht geredet wurde, weil ja der Fernseher lief, sondern weil ich es wahnsinnig gemütlich fand. Es war eine Situation, in der ich mich, ähnlich wie im Urlaub, wieder viel jünger fühlte und mich in die häusliche Sicherheit fallen lassen konnte. Wenn wir fertig gegessen hatten, warteten wir auf eine Werbepause, räumten dann schnell alles weg und trafen uns wieder auf der Couch. Ich drängelte mich so lange an meinen Vater, bis er mir wie früher den Rücken kraulte, und das kostete ich jedes Mal so lange wie nur möglich aus.

Heute war ich abgelenkt, weil ich immer wieder an Ella dachte. Sie schien sehr viel Zeit alleine zu verbringen und ich nahm mir vor, sie morgen zu fragen, warum das so war.

Als der Film zu Ende war, machte ich mich fertig und ging ins Bett. Da ich noch nicht sehr müde war, schrieb ich Marek noch eine Nachricht.

Hey, bin morgen verabredet, also Wochenende?

Aha, lass mich raten … ;-))

Pfff …

Wochenende geht klar! Wann, wo, was?

Kino?

Was willst du ansehen?, wollte Marek wissen.

Den neuen James Bond?

Echt? Auf so was stehst du? Das erstaunte ihn wohl.

Total! Und die Mädels so gar nicht …

Klasse, machen wir!

Super, wir sprechen dann noch, wann, okay?

Klaro!

Gute Nacht!

Schlaf gut!

Als ich mich einige Zeit später unter meine Decke kuschelte, konnte ich noch lange nicht einschlafen, weil ich die ganze Zeit darüber nachdenken musste, wie seltsam es heute mit Lea und Sophie war und wie leicht mir gleichzeitig alles mit Marek und Ella fiel.

Doch vor allem konnte ich nicht schlafen, weil ich ständig an den gemeinsamen Nachmittag mit Ella denken musste. Ihre Hände auf meiner Haut, wir beide in ihrem Bett, das war alles so überwältigend, dass ich schon fast Angst hatte, es könnte nur ein Traum gewesen sein.

Mein Körper fühlte sich seitdem ganz anders an. Wenn Ella ihn berührte, mochte ich ihn und das war schön. Als würden ihre Hände mich irgendwie erneuern.

Wie lange hatte ich mich danach gesehnt, endlich mit einem anderen Menschen so eine Nähe zu erleben. Das wünschte ich mir ab heute für jeden Tag!

17

»Was machst du eigentlich immer so, wenn wir uns nicht sehen?«, platzte ich am nächsten Tag mit meiner Frage heraus, als Ella und ich zusammen in der Hängematte bei ihr im Garten lagen.

Erstaunt sah Ella mich an. »Wie meinst du das?«

Ich wurde rot, denn die Frage musste wirklich seltsam für sie klingen.

»Äh, also ich habe nur überlegt, was du eben immer so machst. Du kennst ja nicht so viele Leute hier und wir sehen uns auch nicht jeden Tag und da habe ich …«

»Bist du eifersüchtig?«

»Aber nein!«

»Sicher?«

Ella stützte sich auf die Ellenbogen, sodass ihr Gesicht über meinem schwebte. Forschend durchbohrte mich ihr warmer Blick. Wenn sie mich ansah, war mir eigentlich alles egal, Hauptsache, sie war hier bei mir.

»Was denkst du denn, was ich mache?«, fragte sie.

»Ich weiß nicht«, erwiderte ich unsicher und kam mir blöd vor.

Ellas Gesicht kam näher, ich nahm es zwischen meine Hände, zog sie zu mir und küsste sie. Ich küsste sie so lange, dass ich hoffte, sie würde meine doofe Frage vergessen. Aber so war Ella nicht.

Irgendwann löste sie sich von mir und legte sich wieder neben mich.

»Was genau willst du denn jetzt wissen?«, fragte sie nach.

»Das soll nicht komisch rüberkommen«, setzte ich an. Ich gab mir Mühe, denn ich wollte so sein wie sie oder Marek, sagen, was ich dachte und nicht mehr um den heißen Brei herumreden.

»Ich treffe mich oft mit Lea und Sophie, oder auch mal mit Marek und da habe ich letztens einfach überlegt, was du wohl gerade so machst und gemerkt, dass ich das gar nicht weiß. Das ist alles.«

Ella schwieg einen Moment.

»Ich bin gerne viel allein und ich brauche das auch. Seit mein Vater tot ist und meine Mutter immer mal wieder ihre Ausfälle hat, ist es in mir oft so laut von all den Gefühlen, die da drinnen toben. Das ist sehr anstrengend und irgendwann habe ich gemerkt, dass mir nicht Ablenkung guttut, sondern das Gegenteil davon. Ich gehe gerne lange irgendwo im Wald spazieren, lasse es dabei zu, dass all diese Gefühle über mich herfallen, und merke mit jedem Schritt, wie es langsam wieder stiller in mir wird. Die Gefühle bleiben zwar trotzdem in mir und das ist auch in Ordnung, aber es ist, als würden sie Schritt für Schritt wieder leiser werden, bis sie nur noch ein vertrautes Summen in mir erzeugen. Dieses Summen ist in Ordnung, es ist der Ton, der mir das Gefühl gibt, dass mein Vater zumindest irgendwie noch ein bisschen bei mir ist.«

Ich hielt Ellas Hand und drückte sie fest.

»Ich verbringe auch sehr viel Zeit mit meiner Mutter, manchmal reden wir den ganzen Abend über alles Mögliche, manchmal sitzen wir einfach nur im selben Zimmer und jeder macht sein Ding. Einfach nur zu spüren, dass der andere da ist, reicht uns dann. Ich will im Moment gar nicht viel Action in meinem Leben haben, denn ich möchte mich auf das konzentrieren, was wirklich wichtig ist. Dass es meiner Mutter und mir wieder besser geht, wir uns hier wohlfühlen und auf dich.«

Mein Herz machte einen Satz und ich legte unwillkürlich die freie Hand auf die Brust, weil ich dachte, es springt sonst hinaus!

»Tut mir leid, dass ich so blöd gefragt habe«, sagte ich leise.

»Das muss dir nicht leidtun und die Frage war doch nicht blöd! Ich wollte nur wissen, was du wohl so denkst, was ich treibe«, sagte Ella und grinste mich an.

Plötzlich ertönte unter der Hängematte ein wütendes Miauen. Morticia stand da und motzte uns an.

»Sie hasst die Hängematte«, erklärte Ella mir. »Keine Ahnung warum. Sie könnte schon hochklettern, aber irgendwie macht sie es nicht.«

»Vielleicht ist es sowieso an der Zeit, dass wir hineingehen«, schlug ich vor und zog Ella hoch.

»Warum?«, fragte sie mich mit einem frechen Blitzen in ihren Augen.

»Komm mit, dann zeige ich es dir!«

Das ließ sie sich nicht zweimal sagen. Wir sprangen aus der Hängematte und gingen hinein, unterwegs nahm ich Morticia auf den Arm und kraulte ihr die Ohren. Während ich hinter Ella die Treppe nach oben lief, staunte ich über mich selbst. In Ellas Gegenwart fühlte ich mich so wohl und sicher. Und damit meinte ich nicht sicher bei ihr, sondern sicher mit mir.

18

Die nächsten Wochen vergingen für mich wie im Flug. Zum Teil war es die schönste Zeit meines bisherigen Lebens, zumindest die Stunden, die ich mit Ella verbrachte. Wir sahen uns drei bis vier Mal in der Woche, meist bei ihr zu Hause. Ich fühlte mich dort inzwischen so wohl, dass ich mir in meinen eigenen vier Wänden manchmal richtig fremd vorkam.

Vor ihrer Mutter hielten wir auch mal Händchen, oder gaben uns einen Kuss, es schien für sie überhaupt kein Problem zu sein. Am Anfang war ich immer furchtbar verlegen, wurde knallrot, wenn Ella mir beim gemeinsamen Abendessen einen Kuss auf den Mund drückte, aber inzwischen fand ich es großartig, mich zumindest dort so frei zu fühlen. Ihre Mutter freute sich sehr für uns und das war ein tolles Gefühl! Bei den beiden zu Hause schienen mir Flügel zu wachsen, doch sobald ich in einer anderen Umgebung war, klebten sie nutzlos an meinem Rücken fest.

In der Schule gingen Ella und ich neutral miteinander um. Doch ich merkte, dass das immer mehr und mehr an ihr nagte. Natürlich hatte sie nicht das Bedürfnis, es der ganzen Schule zu verkünden, aber dass meine Freundinnen es immer noch nicht wussten, kränkte sie sehr und sie sprach mich regelmäßig darauf an. Doch inzwischen war ich ein Meister darin geworden, dem Thema auszuweichen und Ella möglichst schnell abzulenken.

Es ging langsam auf die Weihnachtsferien zu und wir hatten ziemlich viele Prüfungen zu schreiben. In der Zeit, die ich nicht mit Ella verbrachte, musste ich lernen und traf mich ansonsten mit Sophie und Lea. Sophie schien es wieder besser zu gehen, doch sie sprach nach wie vor nicht mit uns über David. Ich war mir sicher, dass sie sich immer noch mit ihm traf, denn es gab regelmäßig Tage, an denen sie kaum die Augen offen halten konnte. Lea war in der letzten Zeit etwas stiller geworden und schien noch mehr Sport zu treiben, was eigentlich gar nicht möglich war. Wenn wir uns sahen, hatten wir Spaß, aber es war nicht mehr so wie früher. Die Leichtigkeit fehlte, mit der wir unser Leben lang miteinander umgegangen waren. Immer wieder und wieder nahm ich mir vor, es den beiden zu sagen, aber da es zwischen uns sowieso schon so komisch war, hatte ich panische Angst davor, dass es dann ganz vorbei sein könnte.

Sowohl Ella als auch Marek sagten mir immer wieder, dass sie das nicht glaubten, doch meine Angst war zu groß. Ich machte mir sehr oft darüber Gedanken, warum das so war. Denn wenn ich mit Ella und ihrer Mutter zusammen war, kam meine Beziehung mit Ella mir völlig natürlich, ja eigentlich ganz normal vor. Doch die wenigsten Jugendlichen hatten so ein besonderes Verhältnis zu ihrer Mutter, wie Ella es hatte und Anderssein bedeutete in unserem Alter in der Regel auch gleichzeitig, irgendwie ausgegrenzt zu werden und das fand ich ganz furchtbar.

Auch mit Marek traf ich mich, so oft unsere Zeit es zuließ. Zwischen uns war eine richtig tolle Freundschaft entstanden, wie ich sie mir bis dahin mit einem Jungen nicht hätte vorstellen können. Mit ihm redete ich offen über alles, was in mir vorging, natürlich in erster Linie über Ella. Marek und ich hatten festgestellt, dass wir denselben Filmgeschmack hatten, sodass wir, so oft wir es uns leisten konnten, einen Film ansahen und nachher stundenlang darüber diskutierten. Das genoss ich sehr, denn weder Sophie, noch Lea waren in dieser Beziehung geschmacklich mit mir auf einer Ebene. Marek und ich gingen meist in ein Café, wenn wir uns trafen, bei ihm zu Hause war oft schlechte Stimmung und ich wollte nicht, dass meine Eltern da mehr hineininterpretierten und mich ständig damit nervten, was denn nun zwischen uns wäre.

Drei Wochen vor Weihnachten saß ich mit Ella in ihrem Zimmer. Wir hatten eben unsere Hausaufgaben erledigt und ich stand auf, um sie in den Arm zu nehmen und aufs Bett zu ziehen. Sie ließ es zwar geschehen, aber ich spürte, dass sie nicht bei der Sache war.

»Was ist los?«, wollte ich wissen.

Ihr Blick traf mich mit voller Wucht und ich erschrak, sie sah so schrecklich ernst aus. Mir rutschte das Herz in die Hose.

»Ella, was ist denn? Habe ich etwas falsch gemacht?«, fragte ich leise.

»Ich will das so nicht mehr«, sagte sie.

»Was meinst du?«

»Ich will nicht mehr dein kleines Geheimnis sein.«

»Aber das bist du doch auch nicht!«, erwiderte ich empört.

»Wieso, hast du es deinen Eltern oder deinen Freundinnen gesagt?«

Geknickt setzte ich mich auf. Ich würde am liebsten immer, wenn wir zusammen waren, einfach nur mein Glück genießen. Mich hineinfallen lassen wie in eine warme Wolke und mit Ella davonfliegen.

»Okay, in den Ferien rede ich mit ihnen«, sagte ich mutig.

»Warum erst in den Ferien?«

»Weil …« Mehr fiel mir dazu nicht ein. Zu oft hatten wir schon über dieses Thema gesprochen und mir gingen die Argumente aus. Zwischen uns lief es sehr gut und für uns beide war klar, dass wir zusammen sein wollten. Es gab also wirklich keinen Grund mehr, etwas aufzuschieben.

»Kim, ich kann verstehen, dass es mit deinen Eltern schwer ist, da mache ich dir auch keinen Stress, aber ich will, dass du zu mir stehst«, sagte Ella und stand auf. Sie ging zum Fenster und blickte hinaus. Ihre Körperhaltung war so abweisend, dass ich mich nicht in ihre Nähe traute.

»Es tut mir leid«, sagte ich.

»Was tut dir leid?«, fragte Ella, ohne sich umzudrehen.

»Dass ich so feige bin.«

Ella atmete ein paarmal ein und aus und ich beobachtete, wie ihr Rücken sich dabei bewegte.

»Ich dachte einfach, dass ich dir mehr bedeute«, sprach sie schließlich weiter.

»Du bedeutest mir alles, Ella!«, rief ich aus und stand auf. Ich ging zu ihr und wollte sie in den Arm nehmen, doch sie ließ es nicht zu. Unglücklich und voller Angst stand ich stocksteif hinter ihr. Was sollte ich jetzt bloß machen?

»Ich habe keine Lust mehr, so zu tun, als wären wir einfach nur Freundinnen und nicht mehr. Verstehst du das denn nicht? Ich will dich ganz oder gar nicht, auf halbe Sachen habe ich keine Lust.«

»Denkst du denn, es ist für mich weniger wichtig?«, fragte ich verzweifelt.

»Das weiß ich nicht«, antwortete Ella und drehte sich endlich wieder zu mir um. Abermals wollte ich sie in den Arm nehmen, doch sie ließ mich nicht, sondern ging zum Bett zurück und setzte sich. Unsicher verschränkte ich die Arme vor der Brust, mir war plötzlich eiskalt. Ich wollte zu ihr, sie anflehen, zur Not auf den Knien rutschen, sie sollte nicht so abweisend zu mir sein, das brach mir das Herz.

»Ella, bitte«, sagte ich leise und ging näher. Ihr Schweigen verströmte eine Härte, die ich körperlich spüren konnte.

»Ich habe jetzt lange genug gewartet, es geht nicht mehr. Ich brauche das Gefühl, dass ich mich auf dich verlassen kann, dass du zu mir stehst. Ich habe keine Lust, wieder jemanden zu verlieren, an dem mein ganzes Herz hängt, das schaffe ich nicht noch einmal.«

»Warum solltest du mich denn verlieren?«, fragte ich. »Ich würde dich niemals verlassen!«

»Das kann schon sein, Kim, aber du bist doch noch gar nicht zu einhundert Prozent bei mir. Ich habe das Gefühl, dass du dich nur hier sicher fühlst, wenn wir bei mir zu Hause sind. Aber das Leben findet nicht nur zwischen diesen Wänden statt. Ich möchte mit dir Hand in Hand spazieren gehen, dich im Kino küssen und tausend andere Sachen machen, ohne, dass ich vorher darüber nachdenken muss, ob das jetzt für dich okay ist, oder nicht. Mir ist es scheißegal, ob dann auch mal Leute blöd schauen, sollen sie doch. Ich habe genauso das Recht, glücklich zu sein, wie jeder andere und das will ich auch zeigen.«

Ich wusste nicht, was ich darauf erwidern sollte, sie hatte ja recht. Und all das, was sie sagte, wünschte ich mir doch selbst schon lange. Doch trotzdem, bei dem Gedanken an Lea und Sophie, oder meine Eltern, wurde mir ganz schlecht.

»Ich denke, es ist besser, wenn du jetzt gehst«, sagte Ella leise.

Entsetzt sah ich sie an. Meinte sie das ernst? Zitternd stand ich mitten im Zimmer und wusste nicht mehr weiter. Verlor ich gerade das größte Glück meines Lebens?

»Ella, bitte …«

Doch sie sah mich nicht an, sondern starrte vor sich auf den Boden, während sie ihre Hände ineinander verschlang, als wollte sie sie auswringen.

Hilflos und zitternd stand ich da, konnte mich nicht vom Fleck rühren. Ich spürte, dass Ella jetzt nicht nachgeben würde, und das tat schrecklich weh. Mühsam setzte ich mich in Bewegung. Ich öffnete die Zimmertür, blieb stehen und drehte mich noch einmal um, doch Ella sah nicht auf.

Tränen liefen in Strömen über mein Gesicht, als ich die Treppe hinunterrannte, um so schnell wie möglich hinauszukommen. Ich schlug die Tür hinter mir zu, lief durch den Garten, stolperte am Gartentor und saß dann endlich auf meinem Fahrrad. Wohin sollte ich jetzt bloß fahren?

Ich schluchzte laut und die Leute, an denen ich vorbeifuhr, sahen mich seltsam an. Doch in dem Moment war mir alles egal. Ich fuhr in rasendem Tempo immer weiter, bis mir die Oberschenkel brannten und ich nicht mehr konnte. Schließlich ließ ich mich auf eine Bank fallen und nahm mein Handy heraus. Ich musste jetzt mit jemandem reden, sonst würde ich durchdrehen. Am liebsten hätte ich

Ella angerufen, aber ich traute mich nicht, denn ich hatte Angst, dass sie dann noch wütender werden könnte.

Also rief ich Marek an.

»Hi, Kim, alles klar bei dir?«, fragte er, als er abnahm.

Sofort heulte ich drauflos und konnte gar nicht sprechen.

»Hey, beruhige dich doch«, sagte er sanft. »Jetzt atme mal tief durch. Wo bist du denn?«

Ich sagte ihm, wo ich war.

»Bleib da sitzen, ich bin in fünf Minuten bei dir, okay?«

»Okay«, brachte ich heraus und fing schon wieder an zu heulen.

Kurze Zeit später bremste er mit quietschenden Reifen vor mir, ließ sein Rad auf den Boden fallen und setzte sich neben mich. Vorsichtig legte Marek den Arm um meine Schultern und ich war so erleichtert, nicht mehr alleine zu sein, dass ich erst recht wieder weinen musste.

Still saß er neben mir und wartete, bis ich mich wieder beruhigte.

»Na, geht's langsam wieder?«, fragte er endlich und hielt mir eine Packung Taschentücher hin.

Lautstark schnäuzte ich mich mehrmals und dann konnte ich endlich sprechen. Ich erzählte ihm, was vorhin passiert war und während ich das tat, schmerzte mein ganzer Körper vor Sehnsucht nach Ella.

Als ich fertig war, schwiegen wir beide eine Weile, bevor Marek sich räusperte.

»Also, Kim, jetzt hast du aber wirklich keine Wahl mehr! Und ganz ehrlich, wenn Sophie und Lea nicht mehr mit dir befreundet sein wollen, weil du mit Ella zusammen bist, dann sind sie es doch gar nicht wert, dass du dir wegen ihnen solche Gedanken machst! Ich verstehe auch gar nicht, warum du dir darüber solche Sorgen machst. Als Ella das erzählt hat, haben die beiden doch auch nicht blöd reagiert, oder hinter ihrem Rücken über sie gelästert, oder?«

»Nein, das haben sie nicht. Aber sie sind ja nicht mit Ella befreundet, sondern mit mir. Und ich habe doch nur die beiden«, schluchzte ich. »Und dich.«

»Nein, das stimmt nicht, du hast auch Ella, wenn du es jetzt nicht versaust. Und das ist so unendlich viel wert. Vielleicht ändert sich auch gar nichts, du musst es einfach versuchen.«

Ich löste mich aus seiner Umarmung, putzte mir noch einmal die Nase und setzte mich dann aufrecht hin.

»Okay, du hast recht. Und Ella auch. Ich werde mich morgen mit Lea und Sophie treffen und es ihnen sagen.«

»So gefällst du mir schon besser.« Marek lächelte.

»Weißt du«, sprach er dann weiter. »Du musst den beiden schon die Chance geben, irgendwie darauf zu reagieren, bevor eure Freundschaft womöglich einen richtigen Knacks bekommt.«

»Morgen sage ich es ihnen und dann muss Ella mir verzeihen«, beschloss ich.

»Hey, sie hat doch nicht mit dir Schluss gemacht, sie hat doch lediglich gesagt, dass sie das so nicht mehr will!«

Trotzdem hatte ich schreckliche Angst davor, dass sie mich nicht mehr haben wollen würde.

»Und wenn es zu spät ist?«, fragte ich und heulte erneut los.

»Kim, jetzt hör aber mal auf!«, schimpfte Marek. »Sie hat deutliche Worte zu dir gesagt und das ist ihr gutes Recht, aber sie hat doch auch gesagt, dass sie dich ganz oder gar nicht will, das ist doch wirklich eindeutig! Ich hoffe ja mal, dass eines Tages ein Mädchen genauso wegen mir heulen wird, wie du jetzt«, sagte er.

Ich schlug ihn auf den Arm. »Blödmann!«

»So ist es gut!« Marek lachte. »Wut ist besser als heulen!«

Ich riss mich zusammen, jetzt waren wirklich genug Tränen geflossen. Zufällig sah ich auf die Uhr, es war schon fast zehn!

»Oje, ich muss heim, sonst kriege ich auch da noch Ärger!«, stellte ich fest.

»Dann lass uns fahren, ich begleite dich noch.«

Schweigend radelten wir zu mir nach Hause. Vor der Tür angekommen bedankte mich nochmals bei ihm und umarmte ihn fest.

»Gern geschehen! Das kostet dich eine riesige Pizza plus Nachspeise!«

Grinsend nickte ich und dann machte er sich auf den Heimweg. Als ich mich umdrehte, sah ich, wie die Gardine am Küchenfenster eilig zugezogen wurde.

Ich brachte mein Rad in die Garage und ging hinein. Meine Eltern saßen im Wohnzimmer und drehten ihre Köpfe gleichzeitig zu mir.

»Na, alles klar?«, fragte meine Mutter und grinste.

»Was meinst du denn?«, entgegnete ich bockig, meine Stimmung war nicht gerade blendend.

»Ich habe dich zufällig in den Armen des jungen Mannes gesehen«, sagte meine Mutter mit glänzenden Augen, als wäre das die beste Nachricht des Jahres. In mir wuchs ein Orkan an, gegen den ich nicht mehr standhalten konnte.

»Ja, du hast mich in den Armen eines jungen Mannes gesehen«, sagte ich laut und wütend. »Aber ich war in seinen

Armen, weil er mich getröstet hat. Er hat mich getröstet, weil ich in Ella verliebt bin und mich nicht traue, es euch oder meinen Freundinnen zu sagen. Weil ihr immer so verdammt drauf aus seid, dass es so läuft, wie ihr es euch vorstellt. Aber ich bin nun mal nicht, wie ihr es euch wünscht. Ich bin in Ella verliebt und wir sind zusammen. Und mir ist es ganz egal, was ihr davon haltet, denn sie ist alles, was ich will. Ich weiß, ihr wünscht euch sehnlichst, dass ich euch endlich einen netten Jungen als meinen Freund vorstelle, aber es tut mir sehr leid, den werdet ihr nicht bekommen.«

Ich hatte das Gefühl, mich selbst zu beobachten, wie ich da so stand und das alles meine Eltern entgegenspuckte und ich war ein bisschen stolz auf mich. Plötzlich war mir völlig egal, was sie davon hielten, denn meine Angst, Ella zu verlieren, war in dem Moment größer als jedes andere Gefühl.

Die Augen meiner Eltern wurden kugelrund und in ihnen stand das blanke Entsetzen. Es war genau so, wie ich es immer befürchtet hatte.

Schweigend starrten wir uns an, wie Boxer im Ring. Ich war plötzlich todmüde und wollte einfach nur noch ins Bett. Also wartete ich kurz, ob von ihnen irgendeine Reaktion kam, doch es kam gar nichts. Ich drehte mich um und ging nach oben. Dort warf ich meine Tasche ins Zimmer, ging rasch ins Bad und danach direkt ins Bett. Von unten hörte ich ihre Stimmen, sie schienen sich zu streiten. Sollten sie doch, es war mir egal.

Ich fühlte mich befreit, auch wenn ich gleichzeitig natürlich Angst davor hatte, wie es jetzt hier weitergehen würde. Doch für den Moment war es mir völlig egal.

Ich zog mir die Decke über den Kopf, um ihre Stimmen

nicht mehr zu hören und nahm mein Handy. Ich musste Ella noch eine Nachricht schreiben.

Hi Ella, ich habe es gerade meinen Eltern gesagt! Wirklich! Ich stand einfach da, habe es ihnen sozusagen an den Kopf geworfen und bin dann ins Bett. Jetzt streiten sie unten. Aber ich will es lieber nicht hören. Ich wollte dir das nur gleich sagen. Mit den anderen rede ich morgen. Du hast mit allem recht, was du gesagt hast und es tut mir so unendlich leid. Bitte sei mir nicht mehr böse, du bist das Beste, was mir je passiert ist und ich würde alles tun, um dich nicht zu verlieren. Alles. Schlaf gut. Ich liebe dich.

Immer und immer wieder las ich die Nachricht und überlegte, ob sie so in Ordnung war. Ich hatte noch nie zu jemandem ›Ich liebe dich!‹ gesagt, auch nicht zu Ella. Doch es war das, was ich empfand und genau jetzt wollte ich es ihr sagen. Also drückte ich auf Senden. Und erst in dem Moment sah ich, dass es an den falschen Empfänger ging: Die Nachricht traf gerade auf Sophies Handy ein!

Oh, nein! Das konnte doch nicht wahr sein, wie blöd war ich denn?

Ich schlug wie verrückt auf mein Kopfkissen ein, das war ja wohl der beschissenste Tag meines Lebens! Und jetzt, was sollte ich tun?

Zuerst kopierte ich den Text und schickte ihn an Ella.

Sollte ich Sophie gleich noch mal schreiben? Aber was? Sie war ja nicht blöd und würde mir sowieso nicht glauben. Mein Herz raste, jetzt wussten es dann wirklich alle, auch wenn ich das so nicht unbedingt geplant hatte. Geschah mir aber auch irgendwie recht.

Meine Eltern kamen nach oben und ich versteckte mich tief unter der Decke. Die Tür zu meinem Zimmer ging auf.

»Kim?«, hörte ich meine Mutter leise sagen.

Ich rührte mich nicht. Sie kam ein paar Schritte herein und blieb vor dem Bett stehen.

»Kim?«

Als ich mich immer noch nicht rührte, verschwand sie wieder. Ich hatte ein schlechtes Gewissen, vielleicht wollte sie jetzt gerne mit mir reden, aber ich konnte einfach nicht.

Erschöpft stellte ich das Handy auf lautlos, ich wollte nur noch schlafen.

Wie sehr ich Ella vermisste. Ich hätte bis dahin nie gedacht, dass man sich so nach einem anderen Menschen sehnen konnte, dass jede Faser des Körper davon wehtat.

19

Nachdem ich mich die ganze Nacht lang von einer Seite auf die andere geworfen hatte, ohne schlafen zu können, stand ich am nächsten Morgen sehr früh auf. Ich setzte mich auf den Rand meines Bettes und nahm mein Handy in die Hand, als wäre es eine Handgranate. Nachdem ich es eingeschaltet hatte, sah ich, dass drei Nachrichten eingegangen waren: von Ella, Sophie und Marek.

Zuerst öffnete ich die von Ella: *Ich vermisse dich auch und ich weiß, dass ich sehr hart zu dir war. Es ist total mutig von dir, dass du es deinen Eltern gesagt hast, ich bin sehr stolz auf dich!!! Ich hoffe, sie beruhigen sich schnell! Schlaf du auch gut, bis morgen xxx*

Ich hatte schreckliche Angst davor, die Nachricht von Sophie zu lesen, doch es half alles nichts, in einer halben Stunde musste ich mich langsam für die Schule fertig machen. Also wappnete ich mich für das Schlimmste und las ihre Worte: *Hä??? Was soll das denn? Kannst du mir das mal bitte erklären?*

Sophie hatte die Nachricht um drei Uhr morgens geschickt, also war sie bestimmt wieder zu ihrem David ausgebüxt.

Ich war schrecklich verzweifelt, warum war mir nur etwas so unglaublich Dämliches passiert! Doch es half alles nichts, ist musste mich irgendwie dazu äußern.

Guten Morgen! Sorry, war ein Missgeschick. Das kann ich dir nicht auf die Schnelle erklären, können wir nach der Schule reden?

Ohne weiter zu überlegen, sendete ich die Nachricht und hoffte, dass sie bis dahin Ruhe geben würde, dann hätte ich noch ein wenig Zeit, um mir zu überlegen, wie ich es den beiden erklären könnte. Ich ging schwer davon aus, dass Sophie meine Nachricht an Lea weitergeschickt hatte, das konnte sie nicht für sich behalten.

Hey, Kim, wie geht es dir?, hatte Marek geschrieben. Ich berichtete ihm kurz, was sich alles ereignet hatte, und ging dann ins Badezimmer, um mich unter die Dusche zu stellen. Schon jetzt war ich völlig erschöpft, obwohl der Tag noch gar nicht richtig begonnen hatte. Ich fürchtete mich vor der Begegnung mit meinen Eltern, was würden sie wohl sagen? Zu gerne wüsste ich, was sie gestern noch über die Sache geredet hatten.

Meine Angst war groß, nun für immer etwas zwischen uns kaputt gemacht zu haben. Aber dann musste ich wieder an Ella und ihre Mutter denken. Sollten Eltern nicht in erster Linie wollen, dass ihre Kinder glücklich sind, egal mit wem?

Der Gedanke machte mich zumindest ein kleines bisschen kampfbereit. Ich nickte mir selbst aufmunternd im Badezimmerspiegel zu und ging mich dann anziehen. Auf dem Flur waren Schritte zu hören, die vor meinem Zimmer langsamer wurden. Mein Herz stockte, doch es kam niemand herein, die Schritte entfernten sich nach unten.

Vielleicht war es für sie genauso schwer wie für mich?

Jetzt musste ich erst meinen Eltern gegenübertreten und später noch Lea und Sophie nach diesem Missgeschick. Ich war überhaupt nicht scharf auf den Tag, der da vor mir lag.

Irgendwann konnte ich es nicht mehr länger hinauszögern und musste nach unten gehen. Mir war übel und mein Herz raste. Am liebsten wäre ich einfach an der Küche vorbei direkt nach draußen gelaufen, um das Ganze noch ein wenig aufzuschieben.

Ich schlich hinunter, als würde es etwas ändern, wenn ich ganz leise wäre. Tatsächlich hörten meine Eltern mich zuerst nicht. Im Gegensatz zu sonst saßen sie einfach am Tisch und starrten beide schweigend vor sich hin. Mein Vater hatte seine Zeitung nicht in der Hand und das iPad meiner Mutter lag unbenutzt neben ihrem Teller, normalerweise checkte sie schon beim Frühstück ihre Mails.

Synchron blickten die beiden hoch, als sie mich bemerkten. Wir sahen uns an. Ich war die Spitze dieses Familiendreiecks, wie ich da in der Tür stand und die Blicke der beiden mich von rechts und links durchbohrten.

Unsicher setzte ich mich auf meinen Platz und nahm mir eine Scheibe Brot. Ich hatte keine Ahnung, was ich jetzt machen sollte, also tat ich einfach so, als wäre nichts Besonderes los.

»Guten Morgen«, sagte meine Mutter endlich.

»Guten Morgen«, murmelte ich. Mein Vater schwieg.

»Vielleicht sollten wir mal über das, was du da gestern gesagt hast, beziehungsweise geschrien hast, sprechen«, schlug meine Mutter vor.

»Äh, klar«, antwortete ich und blickte vorsichtig zu meinem Vater, der immer noch schwieg. Grauste es ihm jetzt vor mir, was dachte er?

»Ich möchte, dass wir uns heute Abend zusammensetzen. Ich bin um sieben zu Hause, du dann bitte auch«, beschloss meine Mutter.

»Okay«, erwiderte ich brav, was sollte ich auch sonst machen? Meine Mutter schien nicht besonders mitgenommen zu sein, aber mein Vater machte einen seltsamen Eindruck. Normalerweise hielt er sich schon auch gerne aus Streitigkeiten heraus, aber das hier war ja nun doch etwas anderes.

Ich bekam keinen Bissen herunter und stand auf, froh diesen Teil des Tages halbwegs glimpflich überstanden zu haben. Nun wartete die nächste Baustelle auf mich und die war vermutlich riesengroß.

Rasch ging ich noch einmal in mein Zimmer und holte meine Sachen. Marek hatte inzwischen geantwortet.

Oje, na da ist ja was los bei dir! Gleich alle auf einen Schlag! ;-)) Kopf hoch, das renkt sich alles wieder ein! Wenn du mich brauchst, meld dich jederzeit. Wirklich!

Marek war ein richtig toller Kerl, wie froh ich im Moment um ihn war. Doch jetzt musste ich los, vermutlich wartete Lea schon draußen.

Ich lief die Treppe hinunter, verabschiedete mich und ging in die Garage. Es kostete mich sehr viel Überwindung, das Tor zu öffnen. Lea stand da und sah mich an. Sie fuhr nicht herum, sondern stand einfach nur still, das war kein gutes Zeichen.

»Hallo«, sagte ich unsicher.

»Hallo«, erwiderte sie und sah mich an, als wären wir Fremde.

Ich stieg auf mein Fahrrad. Lea fuhr einfach los, ohne weitere Worte. Ich holte sie ein. Zwischen uns schien eine stachelige Wand zu sein und wir wussten beide nicht, was wir sagen oder tun sollten. Tränen stiegen mir in die Augen, das war mir einfach alles zu viel. Ich fühlte mich, als hätte ich etwas verbrochen, dabei wollte ich doch einfach nur endlich ich sein können.

Schon von Weitem sah ich, dass Sophie uns bereits erwartete, das hatte es noch nie gegeben! Ich widerstand dem drängenden Impuls in mir, einfach umzudrehen und abzuhauen.

»Guten Morgen«, sagte Sophie, als wir bei ihr ankamen.

»Hallo«, sagte ich und traute mich dabei kaum, ihr in die Augen zu sehen. Lea brummte nur etwas Unverständliches.

»Möchtest du uns vielleicht irgendetwas sagen?«, wollte Sophie wissen.

Mir war einfach nur nach weinen zumute. Ich wollte so gerne, dass die beiden mich einfach in den Arm nahmen und mir sagten, dass sie mich deswegen doch nicht weniger mögen würden. Stattdessen standen wir jetzt da, als würden wir gleich miteinander kämpfen.

»Äh, ja … Schon. Vielleicht nach der Schule?«, schlug ich vor.

»Ich weiß nicht, ob ich kann«, sagte Lea.

»Ach, komm«, erwiderte Sophie. »Dafür wirst du ja wohl Zeit haben!«

Lea brummte erneut irgendetwas vor sich hin und fuhr dann Richtung Schule los.

Sophie und ich folgten ihr mit etwas Abstand, da wir bei ihrem Tempo nicht mithalten konnten.

»Ich habe doch die ganze Zeit gewusst, dass mit dir etwas ist«, zischte Sophie mir zu.

»Kann schon sein«, erwiderte ich zickig. »Aber wo warst du denn heute Nacht um drei?«

Sophies Blick flackerte einen Moment lang auf, doch sie sagte nichts mehr dazu.

Auf dem Schulhof schlossen wir schweigend unsere Fahrräder in dem üblichen Chaos ab und gingen hinein. Lea war schon weg. Plötzlich kam Ella um die Ecke und direkt auf uns zu. Als Sophie sie entdeckte, wurden ihre Schritte langsamer.

Ella strahlte mich an und für einen Moment war ich so erleichtert, dass ich fast völlig die Fassung verlor. Sophie blickte zwischen uns hin und her, wollte erst etwas sagen, schwieg dann aber und ließ mich stehen.

»Was war das denn?«, fragte Ella und kam zu mir.

Ich nahm sie fest in den Arm, das war jetzt alles, was ich wollte. Sie drückte mich einen Moment, schob mich dann ein Stück weg und sah mir in die Augen.

»Was war das eben?«, fragte sie noch einmal nach.

»Sophie und Lea wissen es jetzt.«

»Du hast es ihnen erzählt?«

»Nicht direkt.«

»Sondern?«

»Die Nachricht, die ich dir gestern noch geschrieben habe … Ich habe sie zuerst aus Versehen an Sophie geschickt.«

»Also weiß sie es nicht, weil du es erzählt hast, sondern nur aus Versehen?«

»Ja«, gab ich zu.

»Ach, Kim«, sagte Ella mit traurigem Blick. In dem Moment klingelte es und wir mussten ins Klassenzimmer rennen. Wie furchtbar konnte das alles denn noch werden?

Immer und immer wieder versuchte ich, Ella dazu zu bringen, mich wenigstens anzusehen, doch sie starrte die ganze Zeit nur nach vorne Richtung Tafel. Sophie neben mir ignorierte mich völlig und Lea saß regungslos auf ihrem Platz.

Die Zeit schien sich einen Spaß daraus zu machen, besonders langsam zu vergehen. Als es zur Pause klingelte, liefen Lea und Sophie miteinander hinaus.

Als Ella an mir vorbeigehen wollte, hielt ich sie zurück.

»Ella, bitte«, flehte ich.

Doch da noch andere aus unserer Klasse im Zimmer waren, traute ich mich nicht, mehr zu sagen. Ella ging schweigend hinaus und ich blieb ratlos zurück. Einen Moment lang überlegte ich, Marek zu suchen, aber bis ich ihn gefunden hätte, wäre die Pause auch schon vorbei gewesen. Also versteckte ich mich mal wieder auf dem Klo und weinte bittere Tränen. Ich fühlte mich so hilflos. Mein Bauch tat von den lautlosen Schluchzern höllisch weh. Ständig ging die Tür auf und zu und um mich herum herrschte Gekicher und Geplapper von unzähligen Schülerinnen.

Als es endlich ruhig wurde, wischte ich mir das Gesicht trocken und verließ die Kabine. Beim Blick in den Spiegel erschrak ich, meine Augen waren dick und knallrot, das ganze Gesicht geschwollen. Großartig.

Ich spritzte mir kaltes Wasser ins Gesicht und in dem Moment klingelte es. Toll, jetzt kam ich auch noch als Letzte ins Klassenzimmer zurück.

Eilig rannte ich los, doch die Tür war schon zu. Konnte dieser Tag wirklich noch schlimmer werden? So leise wie möglich drückte ich die Klinke herunter und ging hinein, aber natürlich drehten sich alle Köpfe in meine Richtung. Ich murmelte eine Entschuldigung in Richtung unserer Englischlehrerin und schlich auf meinen Platz. Leas,

Sophies und Ellas Blicke schienen Löcher in meinen Körper zu brennen.

Den Rest des Schultages absolvierte ich wie in Trance. Ausnahmsweise war ich froh, dass wir Sport hatten, dadurch ging die zweite Pause dann für Umziehen drauf und ich musste mich nicht wieder auf dem Klo verstecken.

Als der Schultag endlich vorbei war, wollte ich erneut mit Ella sprechen. Eilig zog ich mich an, ging nach draußen und wartete dort auf sie. Als die Tür aufging und ich sie kommen sah, verschwanden vor lauter Angst alle Worte, die ich mir zurecht gelegt hatte, durch meine Füße in den Boden.

»Ella«, brachte ich gerade noch heraus, bevor meine Stimme versagte.

»Ja?«

»Bitte, rede doch mit mir«, flehte ich sie an.

»Kim, ich glaube, du hast überhaupt nicht verstanden, was ich dir erklärt habe und das macht mich schrecklich traurig.«

»Doch, ich habe es verstanden! Ich habe doch gleich danach meinen Eltern alles gesagt!«

»Ja, das finde ich auch toll, aber Lea und Sophie wissen es nur, weil dir ein Missgeschick passiert ist?«

Still stand ich da. Damit hatte sie recht.

»Ich wollte es ihnen ja heute sagen und dann ist mir das blöderweise passiert mit der Nachricht. Ella, du bist alles, was ich will, bitte glaub mir das doch!«

Verzweifelt stand ich da und sah Ella an. Ständig ging hinter Ellas Rücken die Tür auf und zu, Schüler eilten nach Hause. Doch das nahm ich nur ganz am Rande wahr. All meine Sinne waren auf Ella gerichtet und die

Hoffnung, dass sie mich nicht einfach hier stehen lassen würde.

»Gerade deine Freundinnen, die zwei, die dir so wichtig sind, erfahren es nur durch einen Zufall? Weißt du, wie sich das für mich anfühlt?« Ellas Blick wurde ganz dunkel, bevor sie sich langsam von mir abwandte.

Nein!, schrie alles in mir, aber ich traute mich nicht, ihr hinterherzulaufen, denn ich könnte es nicht ertragen, wenn sie mich wegschicken würde.

Fassungslos starrte ich auf Ellas Rücken, der sich langsam, aber entschlossen von mir entfernte. Zitternd ging ich ein paar Schritte zu meinem Fahrrad und setzte mich auf eines der Metallgestänge, an denen man die Räder festmachen konnte.

Ich schlug die Hände vors Gesicht und konnte die Tränen nicht mehr zurückhalten. Es war mir völlig egal, ob mich die ganze Schule hier sitzen und heulen sah. Ich hatte Ella verloren, schlimmer konnte es nicht mehr kommen.

Plötzlich spürte ich eine Hand auf meinem Rücken.

»Hey, was ist denn los?«, erklang Sophies Stimme neben mir.

Ich konnte nicht antworten, schluchzte nur noch lauter. Auch Lea war da und die beiden setzten sich links und rechts neben mich.

»Kim?«, hörte ich kurze Zeit später auch noch Mareks Stimme.

Mühsam hob ich den Kopf und sah ihn an. Er kniete sich vor mir auf den Boden. Ich konnte förmlich spüren, wie verdutzt Lea und Sophie uns beobachteten.

Er legte eine Hand unter mein Kinn und hob meinen Kopf hoch, sodass ich ihn ansehen musste.

»Du biegst das jetzt wieder hin, okay? Ich weiß, dass du das schaffst!«, sagte er, stand dann auf und ging davon.

Verdutzt sahen wir alle drei ihm einen Moment hinterher.

»So, wir gehen jetzt alle zu mir, da sind wir allein und dann redest du endlich mit uns«, beschloss Sophie.

Erschöpft nickte ich. Wir sperrten unsere Räder auf und fuhren schweigend los. Immer und immer wieder versuchte ich, mir die richtigen Worte zurechtzulegen, doch alles, woran ich denken konnte, war Ellas Blick, als sie von mir fortgegangen war.

Sophie richtete uns etwas zu trinken her, dann setzten wir uns ins Wohnzimmer und die beiden schauten mich erwartungsvoll an. Ich wusste nicht, wie und wo ich anfangen sollte.

»Also?«, sagte Sophie auffordernd zu mir.

»Mensch, Kim, jetzt rede doch endlich mit uns!«, schimpfte Lea.

Ich fühlte mich, als würde ich vor einem Richtertisch stehen und hätte etwas verbrochen. Jetzt konnte ich nur noch gewinnen – oder alles verlieren? Doch darüber nachzudenken war müßig.

»Kim!«, schnaufte Sophie genervt. »Jetzt sag schon!«

»Ella …«, brachte ich heraus und schon versagte mir wieder die Stimme.

»Kim, wir haben schon kapiert, dass da was ist zwischen Ella und dir, die Nachricht war ja eindeutig«, stellte Sophie fest.

Ich nickte.

Lea setzte sich neben mich und nahm meine Hand. »Jetzt erzähl doch einfach von Anfang an.«

Und dann platzte endlich alles aus mir heraus. Ich redete und redete und konnte gar nicht mehr aufhören. Ich erzählte ihnen alles, bis in kleinste Detail und mit jedem Wort, das ich aussprach, hatte ich das Gefühl, irgendwie leichter zu werden. Als würde sich in mir ein dicker Knoten langsam lösen. Irgendwann war es mir auch völlig egal, wie sie auf meine Worte reagierten, es musste einfach alles raus. Am Schluss erzählte ich ihnen noch, was ich meinen Eltern gestern an den Kopf geworfen hatte, und dann war ich fertig.

»Wow«, sagte Sophie irgendwann. »Und ich dachte, ich hätte Probleme.«

Mir wurde plötzlich eiskalt und ich fing an zu zittern.

»Hey, alles klar?«, fragte Lea.

»Ich weiß nicht«, erwiderte ich mit klappernden Zähnen. »Ich glaube, ich bin einfach so froh, dass jetzt alles raus ist.«

»Warum hast du denn nie was gesagt?«, fragte Lea.

»Ich hatte Angst, dass ihr mich dann nicht mehr mögt.«

»Ehrlich gesagt mag ich dich eher weniger, wenn du mir so etwas Wichtiges verschweigst«, stellte Lea fest.

»Da kann ich nur zustimmen«, bemerkte Sophie.

»Ich finde es schlimm, dass du uns nicht zugetraut hast, dass wir damit umgehen können. Wir kennen uns unser ganzes Leben lang, und dann das …«, sagte Lea traurig.

»Wie ist das denn so im Vergleich?«, unterbrach Sophie Lea.

»Was meinst du?«, fragte ich.

»Na ja, mit einem Mädchen halt.« Sophie grinste.

»Keine Ahnung, ich kann es nicht vergleichen, da ich nie mit einem Jungen etwas hatte«, antwortete ich.

»Und wie ist es nun?« Sophie ließ nicht locker.

Lea schlug ihr auf den Arm. »Hör schon auf, wir fragen dich doch auch nicht, was du mit deinem David so treibst.«

Das brachte Sophie für einen Moment zum Schweigen.

»Es ist wunderschön«, sagte ich. »Und es ist das, wonach ich mich immer gesehnt habe.«

»Und seit wann weißt du, dass du Mädchen lieber magst?«, wollte Lea wissen.

»Eigentlich erst seit ich Ella kenne. Bis dahin dachte ich mir, dass ich einfach noch nie einen Jungen getroffen habe, bei dem es passt. Es war immer irgendwie blöd mit Jungs.«

»Ja, besonders Marek hat das zu spüren bekommen.« Sophie lachte.

Endlich konnte auch ich über diesen Vorfall lachen. »Wobei das wirklich ein Glück war. Wir sind inzwischen richtig gute Freunde.«

»Er ist ein netter Kerl«, sagte Lea.

»Wenn ich Jungs mögen würde, dann könnte ich mir keinen besseren Freund vorstellen, als ihn«, sagte ich.

Ungeduldig winkte Sophie ab. »Das interessiert doch jetzt keinen. Wie geht es denn nun mit Ella und dir weiter? Das sah ja vorhin nicht so gut aus.«

Traurig blickte ich in meine Tasse. »Ich fürchte, ich hab's total versaut.«

»Ach was. So wie du uns gerade eure Geschichte erzählt hast, gibt es bestimmt einen Weg, dass du sie wieder zurückeroberst«, meinte Lea.

Dankbar sah ich die beiden an und es kam mir fast lächerlich vor, dass ich so eine Angst davor gehabt hatte, es ihnen zu sagen.

»Erzähl doch mal ein bisschen mehr über sie, damit wir

überlegen können, was du jetzt machen sollst«, schlug Lea vor.

Bevor ich weiterreden konnte, musste ich die beiden erst fest in den Arm nehmen und dabei kamen mir schon wieder die Tränen. Jetzt schämte ich mich richtig, dass ich ihnen so wenig zugetraut hatte, und sagte das auch.

»Ich verstehe dich eigentlich ganz gut«, stellte Lea fest. »Es ist schwer, anders zu sein und das will niemand. Ich komme mir auch oft blöd vor, weil kein Junge etwas mit mir zu tun haben will, nur weil ich sportlich bin.«

»Du bist nicht sportlich, du bist übermenschlich, das macht jedem Angst«, sagte Sophie trocken.

»Vielen Dank auch«, erwiderte Lea und dabei zog wieder ein Schatten über ihr Gesicht, der mir in der letzten Zeit öfter aufgefallen war.

»Bist du deswegen oft so still im Moment?«, fragte ich.

Nachdenklich kaute Lea auf ihrem Daumennagel herum. »Ich fühle mich einfach so übrig geblieben. Sophie hat ihren David und bei dir war klar, dass es da auch ein Geheimnis gibt. Das fühlt sich echt beschissen an.«

»Das ganze Erwachsenwerden ist irgendwie nicht so toll«, stellte ich fest.

»Ach, kommt schon, Leute. Ich kann es kaum erwarten, endlich achtzehn zu werden und machen zu können, worauf ich Lust habe«, rief Sophie mit glänzenden Augen.

»Klappe halten«, stoppte Lea sie. »Jetzt lösen wir erst das Problem mit Kim und Ella, dann kannst du wieder ausschweifend werden.«

Schweigend saßen wir eine Weile beieinander. Es rührte mich sehr zu sehen, wie Lea und Sophie sich das Hirn zermarterten, um mir zu helfen.

»Wir könnten doch einfach alle zusammen zu Ella gehen«, schlug Lea vor.

»Und dann?«, fragte Sophie.

»Dann überzeugen wir sie gemeinsam davon, dass Kim es uns auch gesagt hätte, wenn sie nicht aus Versehen die SMS an dich geschickt hätte.«

»Apropos die SMS. ›Ich liebe dich‹ – ist es dafür nicht ein bisschen früh?«, fragte Sophie.

Natürlich wurde ich knallrot bei der Frage. Ärgerlich schluckte ich ein paarmal, als könnte ich damit die Farbe aus meinem Gesicht ziehen.

»Nein, ist es nicht«, sagte ich und merkte, dass meine Stimme ein wenig bockig klang. »Es ist das, was ich empfinde.«

»Hey, ist ja gut, war nicht böse gemeint«, erwiderte Sophie und strich mir über den Arm. »Ich kann mir einfach überhaupt nicht vorstellen, das zu jemandem zu sagen.«

Lea musste lachen. »Ja, das glaube ich dir gern, liebe Sophie. Dazu müsstest du dich dann ja auch länger als ein paar Wochen mit ein und demselben beschäftigen!«

Das tat Sophie eigentlich mit David schon, dachte ich mir, sprach es aber nicht aus.

»Also Leute, was machen wir denn nun wegen Ella?«, fragte Sophie.

»Du solltest ihr auf jeden Fall einen Strauß Blumen oder so was kaufen«, schlug Lea vor.

»Blumen mag sie nicht, die gefallen ihr nur im Garten.«

»Pralinen, Schokolade, Kuchen?«, schlug Sophie vor.

»Ach, ich weiß nicht, damit kann man doch nichts wiedergutmachen«, sagte ich nachdenklich.

»Nein, das nicht, aber irgendwie ist es doch immer besser, nicht mit leeren Händen dazustehen«, fand Sophie.

»Womit könnte man ihr denn eine Freude machen, Kim? Denk doch mal nach«, forderte Lea mich auf. »Es muss etwas Besonderes sein, das zeigt, wie viel sie dir bedeutet und dass du dir Gedanken gemacht hast.«

Das klang gut, aber was könnte das bloß sein?

»Ella ist gern allein. Sie mag Ruhe und lange Spaziergänge im Wald. Sie liebt Wasser, besonders das Meer und den Sternenhimmel. Sie hört gerne deutsche Musik, fotografieren macht ihr Spaß und ganz besonders liebt sie Bücher, beziehungsweise einfach alles, was irgendwie mit Worten zu tun hat«, fasste ich zusammen.

»Tja, eine Reise ans Meer wäre nicht schlecht, aber leider utopisch«, stellte Sophie fest.

»Sehr hilfreich«, schimpfte Lea.

»Worte!«, rief Sophie plötzlich aus. »Das ist es doch! Wie wäre es mit einem Gedichtband?«

»Klasse!«, fand Lea.

Ich überlegte einen Moment, aber ja, das klang gut und ich hatte das Gefühl, dass so etwas Ella wirklich gefallen könnte.

»Ich kenne mich aber mit Gedichten leider überhaupt nicht aus«, stellte ich fest.

Die beiden anderen waren in dem Bereich auch nicht bewandert, da sie allgemein nicht gerne lasen, Gedichte schon gar nicht.

»Wen könnten wir fragen?«, überlegte Lea.

»Ich weiß jemanden«, stellte ich fest.

»Wen?«, fragten die beiden gleichzeitig.

»Marek.«

»Marek?«

»Oh Mann, ist er schwul?«, fragte Sophie und bekam dafür einen Tritt von mir.

»Nein, aber sein Bruder.«

»Wirklich?«, fragte Lea.

»Ja, aber das erzähle ich euch ein anderes Mal. Jetzt schicke ich ihm schnell eine Nachricht, ich bin sicher, er hat einen Tipp für mich.«

Hi, Marek! Hast du eine Idee: Ich möchte Ella einen Gedichtband kaufen, der mir hilft, du weißt schon …

»Weiß er von euch?«, fragte Lea.

»Ja.«

Beleidigt verzogen beide das Gesicht und fanden es unerhört, dass er es schon vor ihnen gewusst hatte. Doch als ich ihnen, während wir auf Antwort von Marek warteten, erklärte, wie es dazu gekommen war, beruhigten sie sich wieder.

Mein Handy blieb stumm und ich wurde langsam nervös. Es war schon vier Uhr und ich musste um sieben zu Hause sein. Was mich da erwartete, schwebte über mir wie eine dicke, schwarze Wolke, vor der ich Angst hatte. Aber ich war der Meinung, wenn ich bis dahin mit Ella Frieden geschlossen hätte, könnte ich alles überstehen.

»Verdammt, langsam wird die Zeit knapp«, sagte ich und stand auf. Unruhig lief ich im Zimmer hin und her.

»Er wird sich bestimmt gleich melden«, versuchte Lea mich zu beruhigen. »Wir können ja schon mal überlegen, wie es dann weitergeht, wenn wir etwas für sie gefunden haben. Du kannst ihr ja nicht nur das Buch hinhalten und alles ist wieder gut.«

»Ich bin immer noch der Meinung, dass wir alle zusammen hingehen sollten«, sagte Sophie. »Wenn sie unglücklich darüber war, dass du uns nichts gesagt hast – was mich übrigens auch immer noch ärgert – dann ist es vielleicht sogar genau das Richtige, wenn wir dabei sind und sie sieht, dass jetzt wirklich alles klar ist!«

Ich war mir nicht sicher, ob ich das auch so sah, aber ich hatte definitiv keinen besseren Plan.

Endlich piepte mein Handy und ich hastete zum Tisch.

Hi Kim, das ist ganz eindeutig ein Fall für Erich Fried, das Buch heißt Liebesgedichte. Damit kann nichts schiefgehen ;-))

Danke, du bist der Beste!

Gerne! Und ich möchte später noch einen Bericht!

Versprochen!

Lea und Sophie hatten mir beim Tippen über die Schulter geschaut.

»Na dann los, ab in die Buchhandlung. Hoffentlich haben sie das Buch da«, sagte Sophie und wir standen auf.

Gemeinsam rasten wir zum Buchladen und hatten Glück, denn es war noch genau eine Ausgabe des Gedichtbandes vorhanden. Sophie blätterte ein bisschen darin herum. »Na, meins ist das ja nicht. Einen Teil verstehe ich gar nicht und was ich verstehe, ist mir zu kitschig.«

»Dann ist es gut«, beschloss Lea. »Denn normale Menschen finden so etwas schön.«

Endlich musste ich auch mal wieder über die beiden lachen. Es fühlte sich wie früher an zwischen uns und das tat so unendlich gut. Mir war klar, dass ich mich durch das, was passiert war, verändert hatte, aber nun konnte ich mir endlich vorstellen, dass diese Veränderung nicht zwingend auch bedeutete, dass andere Sachen nicht gleich bleiben konnten. Ich kaufte das Buch und noch eine Karte dazu, denn ich wollte ein paar eigene Worte hinzufügen.

Draußen setzten wir uns auf eine Bank und ich überlegte, was ich schreiben sollte. Das war schwer. Denn wie sollte ich all das, was in mir vorging, in ein paar Worte fassen? Doch plötzlich fiel mir etwas ein und ich schrieb es in meiner schönsten Schrift auf die Karte.

»Na los, dann fahren wir jetzt zu Ella, die Zeit läuft!«, scheuchte Lea uns zu den Fahrrädern.

Ich hatte Angst, war das wirklich eine gute Idee? Was, wenn Ella es ganz schrecklich fand, wenn wir da plötzlich zu dritt auftauchten? Doch ich sah den entschlossenen Gesichtern der beiden an, dass sie sich nicht von ihrem Plan abbringen lassen würden. Also fügte ich mich in mein Schicksal und wir machten uns auf den Weg.

Es war nicht weit bis zu Ellas Haus. Mein Herz schlug mir bis zum Hals.

»Das ist aber ein schöner Garten«, bemerkte Lea.

Noch bevor wir klingeln konnten, kam Morticia um die Ecke gefetzt, blieb hinter dem Gartentor stehen und miaute mich laut an.

»Was ist denn das?«, fragte Sophie, die kein großer Fan von Tieren jeglicher Art war.

»Das ist Morticia«, sagte ich zärtlich, trat durch das Tor und nahm sie auf den Arm. Verwundert beobachteten die beiden, wie die verrückte Katze mich glücklich beschmuste.

»Kim«, vernahmen wir plötzlich eine Stimme. Ellas Mutter stand in der offenen Haustür.

»Hallo«, rief ich ihr unsicher zu, da ich nicht wusste, was Ella ihr erzählt hatte, und was nicht.

»Wie schön dich zu sehen«, sagte sie und kam zu uns heraus.

Ich stellte ihr Lea und Sophie vor und fragte dann, ob Ella zu Hause sei. »Wir sind spontan vorbeigekommen«, fügte ich noch erklärend hinzu.

»Ja, sie ist oben«, sagte ihre Mutter und bat uns hinein. Ich ging als Letzte und sie nahm mich kurz zur Seite. »Ella ist manchmal sehr streng in ihren Ansichten. Aber sie ist verrückt nach dir, Kim. Das lässt sich sicher wieder einrenken und wenn sie Ärger macht, dann ruf mich.« Sie drückte mich kurz und ich war sehr gerührt, so eine Situation hätte ich mir bisher nicht einmal im Traum vorstellen können.

Wir gingen die Treppe nach oben und ich klopfte an Ellas Zimmertür. Nach einem leisen »Herein« öffnete ich die Tür und wir traten ein. Ella lag auf dem Bett, mit einem Buch in der Hand und blickte uns erstaunt an.

Einen Moment lang herrschte Schweigen und wir standen unsicher herum. Dann setzte Ella sich auf und sah uns erwartungsvoll an.

»Schönes Zimmer«, sagte Sophie, um den Bann zu brechen. »So ordentlich war meines vermutlich nur in dem Moment, in dem meine Eltern es eingerichtet haben.«

»Danke«, erwiderte Ella und beim Klang ihrer Stimme wurden meine Knie weich. Fragend sah sie mich an, doch ich hatte keine Worte.

»Wir sind gekommen, um dir zu sagen, dass Kim uns alles erzählt hat. Du denkst vielleicht, das hätte sie nicht getan, wenn die Nachricht nicht aus Versehen bei mir gelandet wäre, aber ich bin sicher, dass sie es wirklich vorhatte. Es war einfach ein dummes Missgeschick. Sie hat uns alles von euch beiden erzählt und glaube mir, wir haben sie schon genug dafür fertig gemacht, dass sie das vor uns geheimgehalten hat. Und wir werden jetzt alle so lange hierbleiben, bis du ihr verziehen hast«, meinte Sophie. Ich war ihr dankbar, wenn sie etwas wirklich gut konnte, dann in heiklen Situationen die Ruhe bewahren.

Ella schwieg immer noch.

Ich wühlte in meiner Tasche und holte den Gedichtband heraus. »Ich habe dir etwas mitgebracht«, sagte ich mit heiserer Stimme und gab ihr das Buch.

»Erich Fried«, rief Ella erfreut. »Wie bist du denn darauf gekommen?«

»Äh …«

»Das muss ein Geheimnis bleiben«, beschloss Sophie.

Ella blätterte in dem Buch und wieder entstand ein unangenehmes Schweigen.

»Danke, dass ihr gekommen seid, das finde ich wirklich großartig. Kim kann froh sein, solche Freundinnen zu haben«, sagte Ella endlich.

»Kim ist manchmal etwas schwer von Begriff, aber insgesamt ist sie wirklich ziemlich klasse«, sagte Lea und ich sah sie empört an.

Ella musste lachen, das war Musik in meinen Ohren.

»Ich glaube, wir lassen euch jetzt mal allein«, beschloss Sophie und ging hinaus, Lea folgte ihr und warf mir noch einen aufmunternden Blick zu, bevor sie die Tür schloss.

Verlegen stand ich in der Mitte des Zimmers, ich wollte Ella so gerne in den Arm nehmen, aber ich traute mich nicht. Sie musterte mich und ich versuchte, in ihrem Blick zu lesen.

»Jetzt komm schon her«, sagte sie endlich und ich stürzte mich auf sie.

»Hey, langsam!«

»Nein, das geht nicht, ich will dich nie wieder loslassen.«

Eine ganze Weile hielten wir uns einfach fest. Ich wollte nicht küssen, reden, oder sonst irgendetwas, ich wollte einfach nur Ella spüren.

In diesem Moment fiel alles von mir ab, denn ich hielt mein Glück in den Armen. Dann fiel mir plötzlich die Karte ein, die ich ihr noch gar nicht gegeben hatte. »Moment«, sagte ich und stand schnell auf. Ich musste mich bis zum Boden meiner Tasche wühlen und fürchtete schon, sie verloren zu haben, doch dann fand ich sie und gab sie Ella.

Sie las laut vor, was ich geschrieben hatte: »Dort wo das Meer und der Sternenhimmel sich berühren, muss das Gefühl entstanden sein, das ich für dich habe.«

Ella sah mich an und zum ersten Mal war da wieder der warme Blick, in dem ich so gerne versank.

»Ich wusste gar nicht, dass eine Dichterin in dir steckt«, stellte Ella fest.

»Tut es auch nicht. Ich war nur so verzweifelt, dass ich einmal im Leben so etwas aus mir herausquetschen konnte. Gewöhn dich lieber nicht daran!«

»Schade, das würde mir schon gefallen«, sagte Ella und küsste mich lange.

»Ist denn zwischen dir und den beiden wirklich wieder alles in Ordnung?«, fragte sie nach einer Weile.

»Ja, ich denke, das ist es. Sie waren eigentlich nur sauer, weil ich ihnen so viel verheimlicht hatte.«

»Und was ist mit deinen Eltern?«

Oh nein, das hatte ich völlig vergessen! Panisch sah ich auf die Uhr, aber es war erst kurz vor sechs, uff! Ich erzählte Ella kurz, was vorgefallen war.

»Oh weh, und jetzt? Was denkst du wird passieren?«

»Ich habe keine Ahnung und im Moment ist es mir auch vollkommen egal. Nur du bist wichtig und dass du mir verzeihst.«

Zärtlich streichelte Ella mein Gesicht und ihre Berührung löste eine Gänsehaut bei mir aus, die sich anfühlte, als würden Tausende Ameisen mit eiskalten Füßen einen Tanz auf mir aufführen.

»Nein, deine Eltern sind auch wichtig. Denk mal an Mareks Bruder, so soll es doch bei dir nicht werden«, stellte Ella fest.

Alles in mir weigerte sich, darüber nachzudenken. Warum konnte ich denn jetzt nicht einfach hierbleiben und mein Glück genießen? In dem Moment wünschte ich mir auch, so wie Sophie, schon volljährig zu sein und machen zu können, was ich wollte.

»Jetzt kannst du sowieso nichts tun, als erst mal nach Hause zu gehen und abzuwarten, was sie sagen. Womöglich wird es gar nicht so schlimm«, meinte Ella. »Ich würde dir gerne anbieten, dich zu begleiten, aber das wäre vermutlich keine gute Idee.«

Ich kuschelte mein Gesicht in Ellas Halsbeuge und atmete ganz tief ihren vertrauten Geruch ein.

»Ich will nie mehr Streit mit dir haben, okay?«, murmelte ich in ihr Ohr.

»Ach, ich weiß nicht«, sagte sie grinsend. »Wenn ich dann immer ein Buch und so eine schöne Karte bekomme ...«

Ich musste mich bald auf den Weg machen, deswegen genoss ich mit jeder Faser meines Körpers die wenigen Minuten, die uns noch blieben.

»Komm, wir müssen mal sehen, was die anderen machen«, sagte Ella schließlich und wir lösten uns schweren

Herzens voneinander. Hand in Hand gingen wir hinunter. Lea und Sophie saßen mit Ellas Mutter im Wohnzimmer und futterten Kuchen.

»Tja Kim, jetzt weiß ich so ziemlich alles über dich!« Ellas Mutter grinste.

»Das macht nichts«, gab ich zurück. Ich hielt Ellas Hand fest in meiner und litt schon jetzt bei dem Gedanken, sie gleich loslassen zu müssen.

Ellas Mutter gab uns jeweils auch ein Stück Kuchen, doch ich kam kaum dazu es zu essen, da Morticia mich wild beschmuste.

»Sie war sehr beleidigt, weil sie nicht mit zu euch aufs Zimmer durfte«, berichtete Ellas Mutter.

Also stellte ich meinen Kuchen weg und kraulte die verrückte Katze, bis sie schnurrte wie ein alter, knatternder Motor.

»Schräges Viech«, stellte Sophie fest, aber selbst ihr war anzusehen, dass sie sie irgendwie süß fand.

»Ich muss jetzt wohl nach Hause«, sagte ich mit einem Blick auf die Uhr.

Alle standen auf und wir gingen zur Tür. Ellas Mutter nahm mich fest in den Arm. »Du bist hier immer herzlich willkommen«, sagte sie.

»Danke«, erwiderte ich und fühlte mich dabei wie früher, als ich noch klein war und meine Mutter meinen Schlafanzug auf die Heizung gelegt hatte, damit er schön warm war, wenn ich ins Bett ging.

Lea und Sophie umarmten Ella, verabschiedeten sich von ihrer Mutter und gingen dann hinaus. Ellas Mutter verschwand in die Küche und wir waren noch einen Moment allein.

»Ich denk ganz fest an dich! Sag mir, so schnell du kannst, Bescheid, wie es gelaufen ist, okay?«

»Das mache ich.«

Ich drückte Ella noch einmal an mich und ging dann auch hinaus. Schon in dem Moment sehnte ich mich wieder nach ihr. Als ich das Gartentor hinter mir zuzog, blickte ich noch einmal zur Tür zurück. Ella stand dort, mit Morticia auf dem Arm. Egal, was mich jetzt erwartete, ich würde die beiden niemals aufgeben.

»Los, Kim, du kommst sonst zu spät«, schimpfte Lea.

Eilig stiegen wir auf unsere Räder und machten uns auf den Weg. Mir war schlecht vor Angst. Die beiden begleiteten mich noch bis vors Haus und nahmen mich dann fest in den Arm. Zu dritt standen wir da, wie früher im Sandkasten, wenn wir etwas ausgeheckt hatten.

Sie versuchten mich aufzumuntern und wünschten mir Glück, bevor sie sich auf den Heimweg machten. Langsam schob ich mein Rad in die Garage und ging ins Haus. Es war still. Kein Fernseher, kein Radio, kein Gespräch.

Vorsichtig lugte ich um die Ecke, in der Küche war niemand. Also mussten sie wohl im Wohnzimmer sein. Ich schlich bis dahin, denn ich wollte lauschen, falls sie sich doch leise unterhielten. Aber ich hörte nichts, bis meine Mutter plötzlich meinen Namen rief.

»Ja, ich bin hier.«

»Dann komm schon herein«, bat meine Mutter.

Ich trat ins Zimmer ein und unterdrückte mühsam meinen Impuls zu flüchten.

»Setz dich«, sagte sie und ich nahm so weit wie möglich von den beiden entfernt Platz. Mein Vater versank wie gewöhnlich in seinem breiten Lehnsessel, der schon seit mehr als fünfzig Jahren in Familienbesitz war. Meine Mutter saß auf der Couch, wie immer mit sehr geradem Rücken und ohne sich anzulehnen.

Ich saß auf einem kleinen Hocker, der nah bei der Türe stand.

»Und, hast du uns irgendetwas zu sagen?«, fragte meine Mutter.

Ich überlegte kurz, welche Strategie ich verfolgen sollte. Bockig, unterwürfig, extrem freundlich?

»Ich habe schon gesagt, was ich zu sagen hatte«, antwortete ich.

»Du könntest dich vielleicht dafür entschuldigen, wie du uns angeschrien hast«, schlug meine Mutter vor.

»Tut mir leid.«

Ich sah von ihr zu meinem Vater. Reglos saß er in seinem Sessel, als würde ihn das alles nichts angehen. Zuerst machte es mich traurig und dann sehr wütend.

»Was wollt ihr denn jetzt von mir?«, fragte ich, gleichzeitig wütend und ängstlich.

Meine Mutter wand sich auf ihrem Platz, als würde es sie jucken. Ich konnte ihr ansehen, wie unangenehm ihr das war, aber es war nicht meine Schuld, dass bei uns nie über irgendetwas, das ein wenig tiefer ging, geredet wurde.

»Du bist jetzt also mit dieser Ella zusammen?«, brachte sie schließlich heraus und zum ersten Mal hob mein Vater den Kopf und sah mich an.

»Ja, das bin ich«, sagte ich, ohne das allerkleinste Zögern. Ich war sehr stolz auf mich und wünschte, Ella könnte mich jetzt sehen.

»Aha«, kam es von meiner Mutter, dann wusste sie offensichtlich nicht mehr weiter.

»Und was sagen ihre Eltern dazu?«

Ich sah meiner Mutter in die Augen, als ich antwortete. Normalerweise sah sie gerne weg, wenn es unangenehm wurde, doch ich hielt sie mit meinem Blick gefangen.

»Ihr Vater ist gestorben und ihre Mutter freut sich sehr für uns.«

»Aha.«

Es war ein seltsames Gefühl, als ich dort mit meinen Eltern saß, denn es kam mir so vor, als hätten wir die Rollen getauscht. Plötzlich fühlte ich mich stark und sicher und die beiden offensichtlich gar nicht.

Meine Mutter sah Hilfe suchend zu meinem Vater, doch der starrte weiterhin nur auf seine Knie.

»Ich kann mir vorstellen, dass das für euch irgendwie eine Enttäuschung sein mag, aber ich habe mir nicht ausgesucht, wie ich bin. Ella ist der tollste Mensch, den ich je getroffen habe und letztendlich geht es doch nur darum, dass man mit jemandem glücklich ist, oder?«, fragte ich, ohne ernsthaft eine Antwort zu erwarten.

»Ach Kim, ich verstehe das alles irgendwie nicht«, sagte meine Mutter.

»Was verstehst du nicht?«

»Bist du dir denn da wirklich sicher? So etwas kann in deinem Alter auch einfach nur eine Phase sein?«

»Was? Dass man sich als Mädchen in ein Mädchen verliebt?«

»Äh, ja.«

»Ich bin mir sicher. Es gibt so viele homosexuelle Menschen, das ist nun wirklich nichts Besonderes.«

Bei dem Wort »homosexuell« zuckte mein Vater merklich zusammen. Am liebsten hätte ich ihn angeschrien und gefragt, ob es ihn jetzt vor mir ekelte, aber das traute ich mich dann doch nicht.

Ich war traurig, denn langsam wurde klar, dass meine Eltern nicht auf meiner Seite waren, aber meine Wut darüber war Gott sei Dank größer, sodass ich nicht mit den Tränen kämpfen musste. Keinesfalls wollte ich vor ihnen weinen.

»Ich würde mich freuen, wenn ihr Ella irgendwann kennenlernen wollt, aber auch wenn nicht muss euch klar sein, dass sich an mir nichts ändern wird.«

Der Gedanke an Ella und ihre Mutter, an Lea, Sophie und Marek, half mir dabei, über mich selbst hinauszuwachsen. Natürlich hatte ich Angst davor, dass meine Eltern mich nun nicht mehr lieben würden, aber ich spürte auch ganz deutlich, dass es keinen anderen Weg gab.

»Vielleicht brauchen wir einfach ein bisschen Zeit, um uns daran zu gewöhnen«, sagte meine Mutter schließlich leise.

Ich sah zu meinem Vater. War ich nun nicht mehr sein kleines Mädchen, dem er abends gern den Rücken kraulte? Kapierte er nicht, dass ich immer noch dieselbe war, dass da kein Monster in mir steckte, sondern ich einfach nur ich war, schon immer?

»Ja, okay«, sagte ich dann und stand auf. Ich spürte, wenn ich jetzt noch länger sitzen bleiben würde, würde ich doch noch explodieren, weil mein Vater einfach nur apathisch in seinem verdammten Sessel saß.

Ich wartete einen Moment, ob sie noch etwas sagen, oder mich zurückhalten wollten, doch es kam nichts. Meine Mutter knetete ihre Hände und ich überlegte, was für sie wohl schlimmer war, das, was mit mir los war, oder dass mein Vater sich aus allem so heraushielt.

Doch letztendlich war es mir egal, das war ihr Problem, nicht meins. Langsam ging ich hinaus und dann in mein Zimmer.

Erleichtert schloss ich die Tür hinter mir und rief sofort Ella an. Sie nahm nach dem ersten Klingeln ab. Ich erzählte ihr schnell, wie es gelaufen war.

»Und, wie geht es dir jetzt?«, wollte sie dann wissen.

»Ich weiß nicht so recht. Erleichtert, dass es nicht wirklich schlimm war, und traurig darüber, wie es war.«

»Lass ihnen ein bisschen Zeit. Das ist für sie auch nicht einfach.«

»Ja, mag sein, aber für mich doch auch nicht!«

»Das weiß ich«, sagte Ella zärtlich. »Ich bin furchtbar stolz auf dich.«

»Ich liebe dich.«

»Ich dich auch.«

Wir redeten noch ein bisschen und ich merkte, wie eine große Erschöpfung sich über mich legte. Endlich war es raus, alle wussten Bescheid und ich hatte Ella wieder. Sicher würde die Situation zu Hause noch eine Weile nicht besonders angenehm sein, aber irgendwie fühlte es sich so an, als wäre es für meine Eltern schwieriger als für mich. Ich wusste, dass ich das schaffen würde, ich hatte Ella, Sophie und Lea und auch Marek.

Als Ella und ich uns verabschiedet hatten, rief ich noch Marek an, es war zu viel, um alles in eine SMS zu packen. Er freute sich schrecklich für mich, dass ich mit meinen Freundinnen und Ella nun alles geklärt hatte, und war ebenfalls der Meinung, dass meine Eltern sich nach einer Weile beruhigen würden.

»Sei froh, dass dein Vater nur ruhig dasitzt und nicht wie

meiner lauter ekelhafte Sachen ausspuckt, das ist noch viel schlimmer«, sagte Marek.

»Gut, dass ich nicht weiß, was er denkt.«

»Vielleicht etwas ganz anderes, als du vermutest!«

»Ach, das kann ich mir kaum vorstellen, aber ich weiß sowieso nicht, was in den Köpfen meiner Eltern vorgeht. Je älter ich werde, desto fremder werden sie mir. Bei Ella und ihrer Mutter ist das so anders.«

»Ja, aber das wäre es vielleicht auch nicht, wenn ihr Vater noch leben würde«, überlegte Marek.

»Ich finde, wir sollten alle zusammen feiern«, beschloss ich spontan. »Ella, Sophie, Lea, du und ich. Was meinst du?«

»Gute Idee!«

»Samstagabend bei dem Italiener?«

»Bin dabei!«

Wir redeten noch ein bisschen und als wir aufgelegt hatten, schickte ich Lea und Sophie noch je eine Nachricht, um kurz zu berichten, wie es gelaufen war und dass sie sich den Samstagabend freihalten sollten.

Danach war ich so erschöpft, dass ich ganz früh ins Bett ging und sehr bald mit einem breiten Lächeln im Gesicht einschlief denn ich dachte mir: Wahnsinn, was in den letzten Wochen alles passiert war! Ich war doch mutiger, als ich jemals vermutet hatte, ich war mit dem tollsten Mädchen der Welt zusammen und hatte die allerbesten Freunde. Ich konnte es kaum erwarten mit ihnen allen gemeinsam einen Abend zu verbringen!

20

Die restlichen Tage bis zum Wochenende verliefen relativ ruhig. Meine Eltern behandelten mich wie ein rohes Ei, aber zumindest sprach auch mein Vater wieder mit mir. Das heikle Thema wurde zwar nicht angeschnitten, aber ich merkte, dass sie beide irgendwie versuchten, sich mir auf ihre eigene Art anzunähern.

Ich hatte viel mit Ella darüber gesprochen und auch ich bemühte mich, meinen Eltern entgegenzukommen. Es war nicht einfach, da wir alle das Miteinanderreden nicht gewohnt waren. Doch ich versuchte, auch ihre Seite zu verstehen und hatte das Gefühl, dass es zwar eine Weile dauern würde, doch nicht unmöglich wäre.

Da ich mit Ella im siebten Himmel schwebte, konnte mich nichts aus der Ruhe bringen und ich denke, dass das meine Eltern am meisten verwunderte und auch beeindruckte. Ich spürte selbst, dass ich anders war, irgendwie viel ruhiger und selbstsicherer. In der Schule hielten Ella und ich nun manchmal Händchen, oder gaben uns einen Kuss, aber bis auf ein paar neugierige Blicke von ein paar Mitschülern war bisher nichts passiert.

Von Freitag auf Samstag hatte ich zum ersten Mal bei Ella übernachtet. Es war die erste Nacht meines Lebens, die ich mit einem Menschen, den ich liebte, verbrachte und es war definitiv die schönste Nacht!

Mit Ella im Arm einzuschlafen und auch wieder aufzuwachen, das war wirklich so, als würden sich das Meer und der Sternenhimmel berühren.

Ich freute mich sehr auf den Abend, endlich würden wir alle an einem Tisch sitzen! Zwischen Lea, Sophie und mir lief es wieder viel besser, wir redeten mehr und auch wenn Sophie uns garantiert nicht alles über ihren David erzählte, so war doch die alte Vertrautheit wieder zurück.

Als es endlich Abend war, trafen wir uns alle beim Italiener. Ella und ich kamen als Letzte.

»Na, ihr seid wohl nicht pünktlich aus den Federn gekommen«, ärgerte Sophie uns, als wir ein bisschen zu spät hereinkamen.

»Nur kein Neid«, erwiderte ich forsch und schlug sie liebevoll auf den Arm.

Es wurde ein großartiger Abend, wir lachten viel, schoben die Teller hin und her, damit jeder von allem probieren konnte und nach einiger Zeit fiel mir auf, dass Lea und Marek sich sehr gut miteinander unterhielten. Das wäre ja schön, wenn sich zwischen den beiden etwas entwickeln würde, dachte ich mir.

Ich hatte in dem Moment die für mich wichtigsten Menschen um mich, sie verstanden sich untereinander sehr gut und ich konnte mich nicht erinnern, wann ich das letzte Mal an einem Abend so viel gelacht hatte, dass mir der Bauch davon wehtat.

Meine Flügel wuchsen noch ein kleines Stückchen mehr und nun waren sie so groß, dass ich keine Angst mehr haben musste, sie wieder ganz zu verlieren.